꽃의 연약함이 공간을 관통한다

꽃의 연약함이 공간을 관통한다

윌리엄 칼로스 윌리엄스

정은귀 옮김

SELECTED POEMS
William Carlos Williams

SELECTED POEMS OF WILLIAM CARLOS WILLIAMS
Written by William Carlos Williams
Edited by Charles Tomlinson

차례

1부

방랑자(1913)

The Wanderer
A Rococo Study

ADVENT

Even in the time when as yet
I had no certain knowledge of her
She sprang from the nest, a young crow,
Whose first flight circled the forest.
I know now how then she showed me
Her mind, reaching out to the horizon,
She close above the tree tops.
I saw her eyes straining at the new distance
And as the woods fell from her flying
Likewise they fell from me as I followed
So that I strongly guessed all that I must put from me
To come through ready for the high courses.

But one day, crossing the ferry
With the great towers of Manhattan before me,
Out at the prow with the sea wind blowing,
I had been wearying many questions
Which she had put on to try me:
How shall I be a mirror to this modernity?
When lo! in a rush, dragging

방랑자

── 로코코 연구

강림

내 아직 그녀에 대해
자세히 알지도 못하던 시절에
어린 까마귀, 그녀는 둥지에서 솟아올랐지,
첫 비행에서 숲을 한 바퀴 휘 돌았지.
이제 나는 알아, 그때 까마귀가 자기 마음을
내게 어떻게 보여 주었는지, 지평선에 이르러
까마귀는 나무 꼭대기 바로 위로 날았어.
까마귀 눈이 새로운 거리를 가늠하는 걸 나는 보았어
내가 따라갈 때 숲은 마치 내게서 떨어지는 것 같았기에
숲은 까마귀의 비행으로 떨어져 내린 것 같았어
그래서 나는 확신했어. 내게서 온 그 모든 것은
그 높은 항로를 위해 준비되었던 거라고.

하지만 어느 날, 페리를 타고 강을 건너다
내 앞으로 맨해튼의 큰 탑들이 다가왔을 때,
뱃머리에선 바닷바람이 불고 있었고,
많은 질문들로 내 마음 참 심란했지,
그 까마귀가 나를 시험하려 던진 질문들로:
어떻게 해야 내가 이 현대성에 거울이 될 수 있을까?
그때, 와! 갑작스레, 순순한 강물 위로

A blunt boat on the yielding river ——
Suddenly I saw her! And she waved me
From the white wet in midst of her playing!
She cried me, "Haia! Here I am, son!
See how strong my little finger is!
Can I not swim well?
I can fly too!" And with that a great sea-gull
Went to the left, vanishing with a wild cry ——
But in my mind all the persons of godhead
Followed after.

CLARITY

"Come!" cried my mind and by her might
That was upon us we flew above the river
Seeking her, grey gulls among the white ——
In the air speaking as she had willed it;
"I am given," cried I, "now I know it!
I know now all my time is forespent!
For me one face is all the world!
For I have seen her at last, this day,

뭉툭한 보트 하나 질질 끌려가고 —
불현듯 나 그녀를 보았지! 날아가
그 하얀 포말 속에서 내게 손 흔들었지!
그녀 내게 소리쳤어, "여기! 여기 내가 있잖아, 애!
내 새끼손가락이 얼마나 강한지 봐!
내가 수영을 못할 리가 있겠어?
나는 날 수도 있다고!" 하여 그 커다란 바다 갈매기는
왼쪽으로 가서 거친 울음과 함께 사라져 갔지 —
하지만 내 마음속에는 그 모든 신성한 사람들이
그 뒤를 따라왔지.

명료함

"오세요!" 내 마음은 소리쳤고 우리 위에 있던
그 갈매기의 힘으로 우리는 강 위로 날았어
그녀를 찾아, 흰 물결 가운데 회색 갈매기들 —
그녀가 원했던 대로 창공에다 외치며;
"이미 받은 걸요," 나는 소리쳤어, "이제 알겠어요!
이제 내 모든 시간이 다 소진된 걸 알겠어요.
내겐 얼굴 하나가 온 세상인걸요!
마침내 그녀를 보았기에, 이날,

In whom age in age is united —
Indifferent, out of sequence, marvelously!
Saving alone that one sequence
Which is the beauty of all the world, for surely
Either there in the rolling smoke spheres below us
Or here with us in the air intercircling,
Certainly somewhere here about us
I know she is revealing these things!"
And as gulls we flew and with soft cries
We seemed to speak, flying, "It is she
The mighty, recreating the whole world,
This is the first day of wonders!

She is attiring herself before me —
Taking shape before me for worship,
A red leaf that falls upon a stone!
It is she of whom I told you, old
Forgiveless, unreconcilable;
That high wanderer of by-ways
Walking imperious in beggary!
At her throat is loose gold, a single chain
From among many, on her bent fingers

그녀에게서 연년세세가 결합되고 ─
순서 없이 뒤죽박죽, 무심하고 경이롭게!
단 하나의 수순만 제외하고는,
그건 온 세상의 아름다움, 왜냐하면 분명
우리 아래 구르는 구름의 영역에서건
여기 우리와 함께 돌고 도는 대기 속에서건,
분명히 여기 우리 곁 어딘가에
그녀가 이것들을 드러내고 있다는 걸 나는 아니까요!"
하여 우리는 갈매기로 날았고 부드러운 외침으로
우리는 이런 말을 한 듯, "바로 그녀예요
이 온전한 세계를 재창조하는, 그 힘은,
이것이 놀라운 신비의 바로 그 첫날!

그녀는 내 앞에서 단장을 하고 있네 ─
내 앞에서 경배를 위한 모습을 갖추고 있네,
돌 위에 떨어지는 한 점 붉은 이파리!
내 당신께 말한 바로 그녀, 늙고,
용서를 모르고, 화해를 모르는;
샛길에서 거지 차림으로
오만하게 걷는 저 고상한 방랑자!
그녀의 목에는 헐렁한 금, 많은 것들 중에
고른 사슬 하나가, 그녀 구부러진 손가락들엔

Are rings from which the stones are fallen,
Her wrists wear a diminished state, her ankles
Are bare! Toward the river! Is it she there?"
And we swerved clamorously downward —
"I will take my peace in her henceforth!"

BROADWAY

It was then she struck — from behind,
In mid air, as with the edge of a great wing!
And instantly down the mists of my eyes
There came crowds walking — men as visions
With expressionless, animate faces;
Empty men with shell-thin bodies
Jostling close above the gutter,
Hasting — nowhere! And then for the first time
I really saw her, really scented the sweat
Of her presence and — fell back sickened!
Ominous, old, painted —
With bright lips, and lewd Jew's eyes
Her might strapped in by a corset

반지들, 거기서 돌들이 떨어지고,
그녀 손목은 쪼그라들어 있는 데다 발목은
헐벗었네요! 강을 향해! 그녀가 거기에 있나요?"
우리는 방향을 바꾸어 시끌벅적 아래로 내려갔지 ──
"나 지금부터 그녀에게서 내 평화를 얻겠어요."

브로드웨이

그때였어, 그녀가 갑자기 나타났지 ── 뒤에서,
대기 한가운데, 커다란 날개 자락으로!
부옇게 된 내 눈 아래로 금세
한 무리가 걸어 나왔어 ── 남자들이 환영처럼
무표정한 살아 있는 얼굴들로;
텅 빈 남자들, 껍질처럼 얇은 몸,
홈통 위로 바싹 붙어 밀치며,
서두르네 ── 어디도 아닌 곳으로! 그러고는 처음으로
나는 정말로 그녀를 보았어, 정말로 그녀 현존의
땀 냄새를 맡았지 ── 구역질에 그만 물러났지!
불길하고, 늙고, 칠갑을 한 ──
요란한 입술에 음탕한 유대인의 눈으로
코르셋 끈으로 꽉 조인 그녀의 힘,

To give her age youth, perfect

In her will to be young she had covered

The godhead to go beside me.

Silent, her voice entered at my eyes

And my astonished thought followed her easily:

"Well, do their eyes shine, do their clothes fit?

These live I tell you! Old men with red cheeks,

Young men in gay suits! See them!

Dogged, quivering, impassive —

Well — are these the ones you envied?"

At which I answered her, "Marvelous old queen,

Grant me power to catch something of this day's

Air and sun into your service!

That these toilers after peace and after pleasure

May turn to you, worshippers at all hours!"

But she sniffed upon the words warily —

Yet I persisted, watching for an answer:

"To you, horrible old woman,

Who know all fires out of the bodies

Of all men that walk with lust at heart!

To you, O mighty, crafty prowler

After the youth of all cities, drunk

자기 나이에 젊음을 주고, 젊어지려는
의지만큼은 완벽하여 그녀는
신성이 내 옆을 지나도록 하였지.
조용히, 그녀 목소리 내 눈에 들어와
내 흠칫 놀란 생각이 그녀를 쉽사리 따랐지:
"흠, 그이들 눈이 빛나고, 옷은 잘 맞지?
이것들은 생중계로 말야, 맞잖아! 붉은 뺨의 늙은이들,
야단스러운 정장 입은 젊은이들! 좀 봐 주라!
고집스레 떨고 있는 저 무표정 —
그래 — 이 사람들이 당신이 부러워했던 이들?"
그래서 나 그녀에게 답했지, "대단하신 늙은 여왕,
오늘 낮의 대기와 태양에서 어떤 것을 붙잡아
당신의 봉사에 내어 줄 힘을 허락해 주세요!
평화를 좇고 기쁨을 좇는 이 노역자들이
당신에게 의지할지도 몰라요, 밤낮으로 숭배하는 이들!"
하지만 그 말에 그녀는 조심하여 킁킁 살폈지 —
그래도 나는 고집스레 계속 대답을 기다렸지:
"당신, 끔찍한 늙은 여자,
가슴에 욕정을 품고 걷는 모든 남자들의
몸에서 나오는 모든 불을 알고 있는 이여!
당신, 아, 힘 있고 교묘하게 엿보는 이여,
당신의 그 능글함을 보고 취한, 모든

With the sight of thy archness! All the youth
That come to you, you having the knowledge
Rather than to those uninitiate ——
To you, marvelous old queen, give me always
A new marriage —— "

                But she laughed loudly ——
"A new grip upon those garments that brushed me
In days gone by on beach, lawn, and in forest!
May I be lifted still, up and out of terror,
Up from before the death living around me ——
Torn up continually and carried
Whatever way the head of your whim is,
A burr upon those streaming tatters —— "
But the night had fallen, she stilled me
And led me away.

THE STRIKE

At the first peep of dawn she roused me!
I rose trembling at the change which the night saw!
For there, wretchedly brooding in a corner

도시의 젊음을 따라서! 당신에게 오는
모든 젊음들, 그 풋내기들보다 당신은
아는 것이 훨씬 더 많으니 ―
당신, 경이로운 늙은 여왕, 언제나 제게 주세요
새로운 혼인을 말이죠 ― "
                                            하지만 그녀는 호탕하게 웃었어 ―
"해변에서, 풀밭에서, 또 숲속에서 지나간 날들에
나를 스쳤던 그 옷들을 새로이 꽉 잡고!
나 가만히 들어 올려지리니, 공포에서 벗어나,
내 주변에서 살아 어슬렁거리는 죽음으로부터 ―
계속하여 찢기고 찢겨 넋을 잃은
당신 변덕의 머리가 어느 쪽을 향해 있든,
그 흐르는 누더기 위 까끌한 티끌 하나 있어 ― "
하지만 밤이 내렸고, 그녀는 나를 조용히 시키곤
데리고 갔지.

파업

첫 새벽 빼꼼 내밀 때 그녀는 나를 깨웠어!
나는 그 밤에 목도한 변화에 전율하며 일어났어!
거기서 비참하게 구석에 웅크리고 있는데

From which her old eyes glittered fiercely —
"Go!" she said, and I hurried shivering
Out into the deserted streets of Paterson.
That night she came again, hovering
In rags within the filmy ceiling —
"Great Queen, bless me with thy tatters!"
"You are blest, go on!"

                    "Hot for savagery,
Sucking the air! I went into the city,
Out again, baffled onto the mountain!
Back into the city!

             Nowhere
The subtle! Everywhere the electric!"
"A short bread-line before a hitherto empty tea shop:
No questions — all stood patiently,
Dominated by one idea: something
That carried them as they are always wanting to be carried,
'But what is it,' I asked those nearest me,
'This thing heretofore unobtainable
'That they seem so clever to have put on now!'

"Why since I have failed them can it be anything but their own

그 구석에서 그녀 늙은 눈이 격렬하게 반짝였어 —
"가 버려!" 그녀가 말했고 나는 떨면서
서둘러 패터슨의 황폐한 거리로 나왔지.
그 밤, 그녀가 다시 왔어, 얇은
천장에서 누더기로 서성이네 —
"대단한 여왕, 당신 누더기로 나를 축복해 주오!"
"당신은 축복받았으니, 그만 가 봐!"

                                "야만에는 화끈하게,
대기를 빨아들이며! 나는 그 도시로 들어갔다가,
다시 나왔어, 그 산 때문에 당황스러워서!
그 도시로 다시 들어갔지!

                        그 미묘함
어디에도 없고! 그 전율은 사방 천지에!"
"텅 빈 찻집 앞에 선 짧은 빵 배급 줄:
질문도 많고 — 모두 참을성 있게 서 있었어요,
한 가지 생각에 압도되어: 그들을 이끌었던
무엇, 그들은 늘 이끌리기를 원하고 있기에,
'근데 그게 뭐지,' 내 옆에 있던 이에게 나는 물었지,
'그것은 지금까지는 얻을 수 없었던 것
지금 걸치고 보니 그이들은 너무 영리해 보이는 것 같아!'

"내가 그들을 망쳤다고 어째서 자기들 새끼가 아닌 다른

brood?"

Can it be anything but brutality?
On that at least they're united! That at least
Is their bean soup, their calm bread and a few luxuries!

"But in me, more sensitive, marvelous old queen
It sank deep into the blood, that I rose upon
The tense air enjoying the dusty fight!
Heavy drink where the low, sloping foreheads
The flat skulls with the unkempt black or blond hair,
The ugly legs of the young girls, pistons
Too powerful for delicacy!
The women's wrists, the men's arms red
Used to heat and cold, to toss quartered beeves
And barrels, and milk-cans, and crates of fruit!

"Faces all knotted up like burls on oaks,
Grasping, fox-snouted, thick-lipped,
Sagging breasts and protruding stomachs,
Rasping voices, filthy habits with the hands.
Nowhere you! Everywhere the electric!

것이 될 수 있나요?"
그것은 다만 야만에 불과한 걸까?
그에 관한 한 적어도 그들은 단결했으니까! 적어도
그들의 콩 수프, 차분한 빵과 몇 가지 호사라도!

"하지만 내 안에는 더 민감하고 경이로운 늙은 여왕이,
그것은 피 속으로 깊이 가라앉았고, 나는 일어났어,
먼지투성이 싸움을 즐기는 긴장된 공기 위로!
과음이 있는 곳에는 낮게 기울인 이마들,
헝클어진 검은 머리나 금발 머리의 납작한 두개골,
어린 계집애들의 못생긴 다리들, 너무
강해서 섬세하지 않은 피스톤 운동!
여자들의 손목, 남자들의 팔은 벌겋고
열과 추위에 익숙해져서 4등분된 소고기도
나무통도, 우유 통도, 과일 상자도 던지고!

"떡갈나무 옹이처럼 울퉁불퉁한 얼굴들
욕심 덕지덕지, 여우 코에, 두꺼운 입술,
처진 가슴에 튀어나온 배,
거슬리는 목소리들, 더러운 손버릇.
어디에도 없는 너! 어디에나 있는 전율!

25

"Ugly, venomous, gigantic!
Tossing me as a great father his helpless
Infant till it shriek with ecstasy
And its eyes roll and its tongue hangs out! ——

"I am at peace again, old queen, I listen clearer now."

ABROAD

Never, even in a dream,
Have I winged so high nor so well
As with her, she leading me by the hand,
That first day on the Jersey mountains!
And never shall I forget
The trembling interest with which I heard
Her voice in a low thunder:
"You are safe here. Look child, look open-mouth!
The patch of road between the steep bramble banks;
The tree in the wind, the white house there, the sky!
Speak to men of these, concerning me!
For never while you permit them to ignore me

"못생기고, 앙심에 찬, 거대한!
위대한 아버지로서 나를, 그의 무력한 아기를
던져 버리고 아기는 죽도록 악을 쓰네,
눈을 굴리고 혀를 내두르며! —

"난 다시 평화로워요, 늙은 여왕, 이제 더 똑똑히 듣고요."

해외로

결단코 꿈에서조차
나는 그처럼 높이 그처럼 잘 날지 못했지
그녀와 함께, 그녀가 손으로 나를 인도하고,
뉴저지산맥 위 그 첫날에!
또 결코 잊지 못할 거야,
낮은 천둥소리처럼 나 그녀 목소리를
들었을 때 그 떨리는 호기심을:
"넌 여기서 안전해. 봐, 아가야, 입을 열고 바라봐!
가파른 나무딸기 둑들 사이 쭉 뻗은 길;
바람 속 나무, 저기 하얀 집, 하늘!
이 사람들에게 말하렴! 나에 대해서!
네가 그들에게 나를 무시하도록 허락하는

In these shall the full of my freed voice
Come grappling the ear with intent!
Never while the air's clear coolness
Is seized to be a coat for pettiness;
Never while richness of greenery
Stands a shield for prurient minds;
Never, permitting these things unchallenged
Shall my voice of leaves and varicolored bark come free
    through!"
At which, knowing her solitude,
I shouted over the country below me:
"Waken! my people, to the boughs green
With ripening fruit within you!
Waken to the myriad cinquefoil
In the waving grass of your minds!
Waken to the silent phoebe nest
Under the eaves of your spirit!"

But she, stooping nearer the shifting hills
Spoke again. "Look there! See them!
There in the oat field with the horses,
See them there! bowed by their passions

동안은 내 그득한 해방의 목소리가
그 귀와 열렬히 씨름할 리 절대 없을 테니!
대기의 선명한 차가움이 붙잡혀서
쩨쩨함을 덮어 주는 동안엔 절대;
초록의 풍성함이 음란한 마음을 위한
방패를 세워 주는 동안은 절대로;
이 모든 것들이 판치게 하는 동안에는
잎들과 색색깔 나무껍질 속 내 목소리 절대 터져
나오지 못하리니!"
거기서 그녀의 고독을 알기에
내 아래 그 나라에 대고 나는 소리 질렀어;
"일깨우라! 시민들이여, 그대 안에서
무르익는 과일과 함께 초록 가지들에게!
그대 마음속 물결치는 풀밭
무수한 양지꽃에게 일깨우라!
그대 영혼의 처마 아래
고요한 딱새 둥지에게 일깨우라!"

하지만 그녀, 움직이는 언덕들 더 가까이 몸 굽히며
다시 말했어. "봐, 저기를! 그들을 봐!
말들이 있는 저 귀리 들판에서
저기 그들을 봐! 열정으로 몸을 수그리고

Crushed down, that had been raised as a roof beam!

The weight of the sky is upon them

Under which all roof beams crumble.

There is none but the single roof beam:

There is no love bears against the great firefly!"

At this I looked up at the sun

Then shouted again with all the might I had.

But my voice was a seed in the wind.

Then she, the old one, laughing

Seized me and whirling about bore back

To the city, upward, still laughing

Until the great towers stood above the marshland

Wheeling beneath: the little creeks, the mallows

That I picked as a boy, the Hackensack

So quiet that seemed so broad formerly:

The crawling trains, the cedar swamp on the one side —

All so old, so familiar — so new now

To my marvelling eyes as we passed

Invisible.

쭈그러졌네, 한때 지붕 들보로 올려졌는데!
하늘의 무게가 그들 위에 있고
그 아래로 모든 지붕의 들보가 바스러지고.
지붕 들보 하나 말고는 아무것도 없고:
그 큰 반딧불이 쫓아주는 애인도 없고!"
이에 나는 태양을 올려다보았지,
그러고는 다시 있는 힘껏 소리 질렀어.
하지만 내 목소리는 바람 속 하나의 씨앗이었어.
그리고 그녀, 나이든 이가 웃으며
나를 붙잡았고 그 도시로 빙글빙글 돌며
상승하더니 여전히 웃으며
마침내 거대한 탑들이 아래 빙빙 도는
습지대 위로 서 있네: 작은 개울들, 내가
아이였을 때 꺾었던 아욱들, 해컨색[1]은
너무나 조용하고, 예전엔 아주 넓어 보였는데:
기어가는 기차들, 한쪽에는 삼나무 늪지 ―
모두 너무 오래되고 너무 익숙한 ― 보이지 않게
지나면서 보니 내 경이로운 눈에는
이젠 너무나 새로운걸.

SOOTHSAY

Eight days went by, eight days
Comforted by no nights, until finally:
"Would you behold yourself old, beloved?"
I was pierced, yet I consented gladly
For I knew it could not be otherwise.
And she —— "Behold yourself old!
Sustained in strength, wielding might in gript surges!
Not bodying the sun in weak leaps
But holding way over rockish men
With fern-free fingers on their little crags,
Their hollows, the new Atlas, to bear them
For pride and for mockery! Behold
Yourself old! winding with slow might ——
A vine among oaks —— to the thin tops:
Leaving the leafless leaved,
Bearing purple clusters! Behold
Yourself old! birds are behind you.
You are the wind coming that stills birds,
Shakes the leaves in booming polyphony ——
Slow winning high way amid the knocking

예언

여드레가 지나갔어, 어떤 밤도
위로하지 않은 여드레, 그러다 마침내:
"그대여, 늙은 당신 자신을 똑바로 보겠는가?"
찢어지게 아팠지만, 나는 기꺼이 승낙했어.
그러지 않을 수 없다는 걸 알고 있었기에.
그리고 그녀는 — "늙은 너 자신을 똑바로 봐!
견고하게 견디며, 움켜쥔 물결 속에 힘을 휘두르며!
약한 도약 속에서 태양으로 드러나지 않고
하지만 바위 같은 남자들보다 더 잘 버티는
작은 바위들 위에 뭉툭한 손가락을 대고
그들의 공허함, 그 새로운 지도, 자존심을 위해
조롱을 위해 그들을 참아 내는! 보라구
늙은 당신 자신을! 느린 힘으로 구불구불한 —
떡갈나무 사이로 덩굴 — 가녀린 꼭대기까지:
이파리 없는 이파리를 남겨 두고
보라색 무리를 받들며! 보라구
늙은 그대 자신! 새들은 네 뒤에 있어.
그대는 새를 잠재우며 오는 바람,
멋진 다성음으로 이파리들을 흔드는 —
천천히 마음을 끌며 높다랗게 가지들

Of boughs, evenly crescendo,

The din and bellow of the male wind!

Leap then from forest into foam!

Lash about from low into high flames

Tipping sound, the female chorus ——

Linking all lions, all twitterings

To make them nothing! Behold yourself old!"

As I made to answer she continued,

A little wistfully yet in a voice clear cut:

"Good is my over lip and evil

My under lip to you henceforth:

For I have taken your soul between my two hands

And this shall be as it is spoken."

ST. JAMES' GROVE

And so it came to that last day

When, she leading by the hand, we went out

Early in the morning, I heavy of heart

For I knew the novitiate was ended

The ecstasy was over, the life begun.

두드리며, 고르게 크레센도로 커지는 소리,
수컷 바람의 우렁찬 고함 소리!
그러곤 숲에서 거품으로 뛰어올라!
낮은 불길에서 높은 불길로 후려쳐,
팅팅 소리, 여성 후렴구 ─
모든 사자들, 모든 지저귐을 연결하여
그것들을 아무것도 아닌 걸로 만드는! 당신 늙음을 봐!"
내가 대답하자 그녀는 말을 이었어,
약간은 구슬픈 하지만 여전히 분명한 목소리로:
"지금부터 너에게 선은 나의 윗입술
악은 나의 아랫입술이니:
내가 네 영혼을 내 두 손 사이에 가져갔기에
말하는 대로 이루어질 거야."

성 제임스의 숲

그래서 그 마지막 날까지 오게 되었지
그날, 그녀가 손을 이끌었을 때, 우리는
이른 아침 밖으로 나갔고, 나는 무거운 심정으로
경배는 끝났다는 걸 알았기에
황홀경은 끝이 났고, 삶이 시작되었어.

In my woolen shirt and the pale-blue necktie

My grandmother gave me, there I went

With the old queen right past the houses

Of my friends down the hill to the river

As on any usual day, any errand.

Alone, walking under trees,

I went with her, she with me in her wild hair,

By Santiago Grove and presently

She bent forward and knelt by the river,

The Passaic, that filthy river.

And there dabbling her mad hands,

She called me close beside her.

Raising the water then in the cupped palm

She bathed our brows wailing and laughing:

"River, we are old, you and I,

We are old and by bad luck, beggars.

Lo, the filth in our hair, our bodies stink!

Old friend, here I have brought you

The young soul you long asked of me.

Stand forth, river, and give me

The old friend of my revels!

Give me the well-worn spirit,

할머니께서 주신 모직 셔츠를 입고
담청색 넥타이를 하고 나는 그곳에 갔어
늙은 여왕과 함께 내 친구들 집들 바로
옆을 지나 언덕을 내려가 강으로 갔어,
나무 밑을 걸으며 혼자 심부름을 하는
여느 다른 날처럼, 나는 그녀와
함께 갔고, 그녀는 나와 함께 거친 머리 휘날리며
산티아고 숲 옆에서 그리고 이윽고
몸을 앞으로 구부리고 강가에서 무릎을 꿇었지
페세이크² 그 더러운 강에서.
거기서 그 열띤 손을 가볍게 두드리며
그녀는 자기 가까이로 나를 불렀어.
그런 다음 손바닥을 오므려 물을 떠서
울고 웃는 우리의 이마에 물을 부었어.
"강이여, 우리는 늙었어, 너와 나는,
우린 늙었고 운도 지지리 없어 거지가 되었어.
아, 더러운 머리카락, 우리 몸에 이 악취!
오랜 친구여, 여기 내 그대에게 데리고 왔으니
그대가 오랫동안 내게 부탁했던 그 젊은 영혼을.
나와라, 강아, 그리고 내게 다오
내 흥겨운 잔치들의 옛 친구를!
그 너덜너덜한 영(靈)을 내게 주게.

For here I have made a room for it,

And I will return to you forthwith

The youth you have long asked of me:

Stand forth, river, and give me

The old friend of my revels!"

And the filthy Passaic consented!

Then she, leaping up with a fierce cry:

"Enter, youth, into this bulk!

Enter, river, into this young man!"

Then the river began to enter my heart,

Eddying back cool and limpid

Into the crystal beginning of its days.

But with the rebound it leaped forward:

Muddy, then black and shrunken

Till I felt the utter depth of its rottenness

The vile breadth of its degradation

And dropped down knowing this was me now.

But she lifted me and the water took a new tide

Again into the older experiences,

And so, backward and forward,

여기 내가 그걸 위한 방을 하나 만들었으니
나는 당장 네게로 돌아올 거야,
네가 내게 오랫동안 부탁한 청춘에게로:
나와라, 강아, 그리고 내게 다오.
내 흥겨운 잔치들의 옛 친구를!"

그러자 그 더러운 페세이크는 승낙했어!

그러자 그녀는 크게 외치며 벌떡 일어났어:
"들어가라, 청춘아, 이 몸체 속으로!
들어가라, 강이여, 이 청년에게로!"
그러자 강물이 내 가슴으로 들어오기 시작했어.
뒤에선 시원하고 맑은 소용돌이가
그 날들의 수정 같은 시작으로 들어오고.
하지만 다시 튀어서 그것은 앞으로 뛰어올랐어:
진흙투성이가 되었다가, 그 다음엔 검게 쪼그라들어
마침내 나는 그 완전히 썩어 빠진 깊이를,
그 타락의 비열한 숨결을 느끼게 되었고
이게 지금 나라는 걸 알고는 쓰러졌지.
하지만 그녀는 나를 들어 올렸고 물은 새 물결로
다시 더 오랜 경험들 속으로 돌아가고
그리하여 앞으로 또 뒤로

It tortured itself within me

Until time had been washed finally under,

And the river had found its level

And its last motion had ceased

And I knew all — it became me.

And I knew this for double certain

For there, whitely, I saw myself

Being borne off under the water!

I could have shouted out in my agony

At the sight of myself departing

Forever — but I bit back my despair

For she had averted her eyes

By which I knew well what she was thinking —

And so the last of me was taken.

Then she, "Be mostly silent!"

And turning to the river, spoke again:

"For him and for me, river, the wandering,

But by you I leave for happiness

Deep foliage, the thickest beeches —

Though elsewhere they are all dying —

Tallest oaks and yellow birches

그것은 내 안에서 스스로를 고문했어
그러다 마침내 시간이 씻겨 내려갔지,
강물은 그 수면을 찾았고
강물의 마지막 움직임도 그쳤고
나는 모든 걸 알게 되었지 ─ 그게 내가 되었다고.
거듭거듭 분명히 알게 되었지
거기서, 하얗게, 나는 내가
물 아래로 멀어지는 것을 보았어!
괴로움 속에서 나 소리칠 수도 있었는데
영원히 떠나가는 내 모습을
보고 ─ 하지만 나는 절망감으로 되물었어
그녀가 눈을 피했기에 그걸로
그녀가 무슨 생각을 하는지 내 잘 알았기에 ─
그래서 내 마지막 내가 납치된 것이었어.

그러고 나서 그녀는, "좀 조용히 해!"
강가로 몸을 돌려 다시 이렇게 말했어.
"그를 위해 또 나를 위해, 강이여, 그 방랑,
하지만 당신으로 하여 나는 떠나니 행복을 위해
깊은 잎, 가장 두꺼운 너도밤나무 ─
비록 다른 곳에서는 다들 죽어 가고 있지만 ─
애도하며 이파리들을 당신 속에 적시는

That dip their leaves in you, mourning,

As now I dip my hair, immemorial

Of me, immemorial of him

Immemorial of these our promises!

Here shall be a bird's paradise,

They sing to you remembering my voice:

Here the most secluded spaces

For miles around, hallowed by a stench

To be our joint solitude and temple;

In memory of this clear marriage

And the child I have brought you in the late years.

Live, river, live in luxuriance

Remembering this our son,

In remembrance of me and my sorrow

And of the new wandering!"

키 제일 큰 떡갈나무들, 노란 자작나무들,
지금 내가 머리를 담그듯, 먼 태곳적
나, 그의 태곳적
먼 태곳적 우리의 약속들!
여기는 새의 낙원이 될 것이니,
내 목소리를 기억하며 새들이 네게 노래하네:
여기서 가장 후미진 공간들
주변 몇 마일, 악취로 인해 신성하게 되어서
우리 공동의 고독과 사원이 되리니;
이 분명한 혼인을 기념하여 또
내가 최근에 네게 데리고 온 아이를 기념하여.
살거라, 강이여, 풍성하게 살거라,
우리의 아들 이를 기억하며,
나와 내 슬픔, 그리고
그 새로운 방랑을 기념하며!"

2부

원하는 이에게!(1917)

Pastoral

When I was younger
it was plain to me
I must make something of myself.
Older now
I walk back streets
admiring the houses
of the very poor:
roof out of line with sides
the yards cluttered
with old chicken wire, ashes,
furniture gone wrong;
the fences and outhouses
built of barrel-staves
and parts of boxes, all,
if I am fortunate,
smeared a bluish green
that properly weathered
pleases me best
of all colors.

      No one
will believe this

목가

더 젊었을 때는
뭔가를 이루는 게
중요했지.
지금은 나이 더 들어
뒷골목을 걸으며
저 초라한 이들의
집들을 대단타 바라보네,
삐죽삐죽 선이 안 맞는 지붕,
오래된 닭장 철조망과 재,
못쓰게 된 가구들이
잡다하게 들어찬 마당,
울타리, 통나무 널빤지와
상자 조각들로 지은
바깥 화장실, 그 모두를,
고맙게도 말야,
적절히 풍화된
푸르스름한 초록 얼룩이
모든 색깔 중에서
가장 나를 기쁘게 하네.

                  이것이
이 나라에 제일 중요하다는 걸

of vast import to the nation.

아무도 믿지 않겠지만.

Apology

Why do I write today?

The beauty of
the terrible faces
of our nonentities
stirs me to it:

colored women
day workers —
old and experienced —
returning home at dusk
in cast off clothing
faces like
old Florentine oak.

Also

the set pieces
of your faces stir me —
leading citizens —
but not
in the same way.

사과

오늘 나는 왜 글을 쓰는가?

우리의 별 볼 일 없는 이들
그 끔찍한 얼굴의
아름다움이
나를 흔들어 그리하라 하네.

까무잡잡한 여인들,
일당 노동자들 —
나이 들어 경험 많은 —
푸르딩딩 늙은 떡갈나무 같은
얼굴을 하고선
옷을 벗어던지며
해질 무렵 집으로 돌아가는.

그리고

나란히 함께 하는
그대들 얼굴도 나를 흔드네 —
앞장선 시민들 —
하지만 같은
방식은 아니게.

Pastoral

The little sparrows
hop ingenuously
about the pavement
quarreling
with sharp voices
over those things
that interest them.
But we who are wiser
shut ourselves in
on either hand
and no one knows
whether we think good
or evil.

Meanwhile,
the old man who goes about
gathering dog-lime
walks in the gutter
without looking up
and his tread
is more majestic than
that of the Episcopal minister

목가

그 작은 참새들은
천진하게 콩콩
보도를 뛰어다니네
자기들 관심 끄는
그 일을 두고
소리 높여 쩍쩍
다투면서.
하지만 더 현명한 우리는
홀로 틀어박혀
자신을 가두지,
우리가 좋은 생각을 하는지
나쁜 생각을 하는지
아무도 몰라.

그런가 하면,
나가서 개똥을 줍는
그 늙은 남자는
고개 푹 수그리고
도랑 길을 걷네
그런데 그 발걸음은
일요일에
설교대로 나오는

approaching the pulpit

of a Sunday.

These things

astonish me beyond words.

성공회 목사보다도
더 위엄이 있어 보여.
　　이런 일들이
놀라워서 나는 말문이 막히지.

Tract

I will teach you my townspeople
how to perform a funeral
for you have it over a troop
of artists —
unless one should scour the world —
you have the ground sense necessary.

See! the hearse leads.
I begin with a design for a hearse.
For Christ's sake not black —
nor white either — and not polished!
Let it be weathered — like a farm wagon —
with gilt wheels (this could be
applied fresh at small expense)
or no wheels at all:
a rough dray to drag over the ground.

Knock the glass out!
My God — glass, my townspeople!
For what purpose? Is it for the dead
to look out or for us to see
how well he is housed or to see

소책자

읍민 여러분, 내 여러분께
장례 지내는 법을 가르쳐 드리지요,
한 부대의 예술가들보다는
여러분이 한 수 낫기 때문입니다 —
세상을 샅샅이 뒤지지 않는다면야 —
여러분은 필요한 기본 감각은 있으시니.

보세요! 영구차가 행렬을 이끄네요.
영구차 디자인부터 시작할게요.
제발이지, 검정은 아니고 —
흰색도 아니고 — 반짝반짝 닦지도 마요!
낡은 걸로 족해요 — 농장 마차처럼 —
번쩍이는 바퀴에(돈 조금만 들이면
새것처럼 만들 수 있어요)
아님 바퀴가 아예 없어도 되고요:
땅 위로 끌고 가는 엉성한 달구지.

그 유리는 그만 부수지요!
제발요 — 유리는, 읍민 여러분!
무슨 목적으로요? 죽은 자가
밖을 보도록, 아님, 그가 얼마나
잘 안치되는지 보려고요, 혹은

the flowers or the lack of them ——
or what?
To keep the rain and snow from him?
He will have a heavier rain soon:
pebbles and dirt and what not.
Let there be no glass ——
and no upholstery, phew!
and no little brass rollers
and small easy wheels on the bottom ——
my townspeople what are you thinking of?

A rough plain hearse then
with gilt wheels and no top at all.
On this the coffin lies
by its own weight.

                    No wreaths please ——
especially no hot house flowers.
Some common memento is better,
something he prized and is known by:
his old clothes —— a few books perhaps ——
God knows what! You realize

꽃을 보려고 아님 꽃이 부족한지 가늠하려고 —
아니면 뭐요?
죽은 자가 비와 눈을 안 맞게 하려고요?
그는 곧 더 큰 비를 맞게 될 것인데:
조약돌과 흙과 그 비슷한 것도.
유리는 안 하는 게 좋아요 —
그리고 덮개 천도 없애요, 에구!
자그마한 놋쇠 굴림대도 하지 마요,
그리고 바닥에 작은 편한 바퀴들 —
읍민 여러분 무슨 생각들이신지요?

그렇다면 거칠고 평범한 영구차,
금빛 바퀴만 있고 위에 휘장도 없는.
여기에 관이 놓여 있네요
그 자체 무게로.

　　　　　　　　제발이지 화환은 사절 —
특히 온실의 꽃은 더더욱 안 돼요.
흔한 기념품 정도가 더 좋긴 하지만
고인이 소중하게 여기는, 그렇다고 하는 것.
고인의 낡은 옷 — 몇 권의 책 정도 —
뭐가 될지 하느님은 아시죠! 당신은

how we are about these things
my townspeople —
something will be found — anything
even flowers if he had come to that.
So much for the hearse.

For heaven's sake though see to the driver!
Take off the silk hat! In fact
that's no place at all for him —
up there unceremoniously
dragging our friend out to his own dignity!
Bring him down — bring him down!
Low and inconspicuous! I'd not have him ride
on the wagon at all — damn him —
the undertaker's understrapper!
Let him hold the reins
and walk at the side
and inconspicuously too!

Then briefly as to yourselves:
Walk behind — as they do in France,
seventh class, or if you ride

우리가 이런 것들 어찌 생각하는지 알죠,
우리 읍민 여러분 —
어떤 것이 발견될 거예요 — 어떤 것,
꽃도 괜찮아요, 그가 그리되었다면.
영구차는 그 정도로 하고요.

그래도 제발, 운전자를 한번 보세요!
실크 모자일랑 벗으세요! 사실
그이에게는 전혀 맞지 않아요 —
저 위에서는 예의고 뭐고 없이
우리 친구를 품위에서 끌어내리니까요!
그를 끌어내려 — 그를 끌어내려!
눈에 띄지 않게 낮게! 그 사람이
그 마차에 타게 하진 않을 거요 — 지랄 —
장의사의 조수 말이에요!
그이는 고삐를 잡고
옆에서 걷게 하세요
눈에 띄지 않게요!

이제 여러분들에게 간단히 말하지요:
뒤에서 걸으세요 — 프랑스에서 7등 칸
승객들이 하듯이, 아니면 지옥행을

Hell take curtains! Go with some show

of inconvenience; sit openly —

to the weather as to grief.

Or do you think you can shut grief in?

What — from us? We who have perhaps

nothing to lose? Share with us

share with us — it will be money

in your pockets.

                    Go now

I think you are ready.

타게 되면 커튼을 치세요! 불편함이라는
쇼와 함께 가세요, 그냥 밖에 앉으세요 —
비탄에 대하는 것처럼 날씨에게도.
여러분은 슬픔을 잠재울 수 있다고 생각하는지요?
우리에게서 — 뭘요? 어쩌면 아무것도 잃을 게 없는
우리 아닌가요? 우리와 함께 나누세요,
우리와 함께 나누세요 — 그게 여러분
주머니 속의 돈이 될 거예요.

                              이제 가 보세요

준비가 된 것 같군요.

El Hombre

It's a strange courage
you give me ancient star:

Shine alone in the sunrise
toward which you lend no part!

남자

이상한 용기군요,
당신이 내게 태곳적 별을 주다니:

동틀 녘에 혼자서 빛나세요,
당신이 어느 부분도 빌려주지 않은 쪽으로!

Spring Strains

In a tissue-thin monotone of blue-grey buds
crowded erect with desire against the sky
    tense blue-grey twigs
slenderly anchoring them down, drawing
them in ——

    two blue-grey birds chasing
a third struggle in circles, angles,
swift convergings to a point that bursts
instantly!

    Vibrant bowing limbs
pull downward, sucking in the sky
that bulges from behind, plastering itself
against them in packed rifts, rock blue
and dirty orange!

                              But ——
(Hold hard, rigid jointed trees!)
the blinding and red-endged sun-blur ——
creeping energy, concentrated
counterforce —— welds sky, buds, trees,

봄 물결

티슈처럼 얇고 고른 청회색 꽃봉오리들 속
하늘 맞서는 열망으로 꼿꼿하게 가득 차
　　팽팽한 청회색 잔가지
가늘게 닻을 내려 거두네요, 봄 물결
끌어당기네요 ──

　　회청색 새 두 마리, 세 번째
새를 쫓아가는데, 원을 그리며 기울이며,
단번에 폭발하듯 빠르게
모여들고요!

　　힘차게 인사하는 나뭇가지들
아래로 수그리며, 빽빽한 바위틈에
푸릇푸릇 칙칙한 주황 암석에
회칠하며 뒤에서 튀어나오는
하늘을 빨아들이고요!

　　　　　　　　하지만 ──
(잘 잡아, 단단히 옹이진 나무들아!)
그 눈부신 붉은 테두리 퍼지는 태양이 ──
느릿한 활기, 집중된
저항력으로 ── 하늘, 꽃봉오리들, 나무들을

rivets them in one puckering hold!
Sticks through! Pulls the whole
counter-pulling mass upward, to the right
locks even the opaque, not yet defined
ground in a terrific drag that is
loosening the very tap-roots!

On a tissue-thin monotone of blue-grey buds
two blue-grey birds, chasing a third,
at full cry! Now they are
flung outward and up — disappearing suddenly!

한 번에 주름 잡듯 이어 붙여 버리네요!
다 여미서 박아 버리네요! 반대로 끌어당기는 그
전부를 위로, 또 오른쪽으로 당겨서,
곧은 뿌리를 느슨하게 하는
그 끝내주는 항력 속에 그 불투명한,
아직 채 정의되지 않은 땅을 가두고서요!

티슈처럼 얇고 고른 청회색 꽃봉오리 위에
회청색 새 두 마리가 세 번째 새를 뒤쫓고 있네요,
높은 음으로 우짖으며! 이제 새들은
위로 솟구치다 ── 갑자기 사라지네요!

Trees

Crooked, black tree
on your little grey-black hillock,
ridiculously raised one step toward
the infinite summits of the night:
even you the few grey stars
draw upward into a vague melody
of harsh threads.

Bent as you are from straining
against the bitter horizontals of
a north wind, —— there below you
how easily the long yellow notes
of poplars flow upward in a descending
scale, each note secure in its own
posture —— singularly woven.

All voices are blent willingly
against the heaving contra-bass
of the dark but you alone
warp yourself passionately to one side
in your eagerness.

나무들

구부러진 검은 나무,
그대의 작은 진회색 언덕 위에
그 밤의 우수한 정점을 향해
한 걸음 우스꽝스레 돋우어져:
심지어 그대, 성긴 회색 별들도
거친 가닥 어렴풋한 선율로
위로 끌어 올려지고.

그대는 북풍의 혹독한 수평선을
배경으로 사선으로 구부러져서 ─
거기서 아래쪽으로는
길고 노란 포플러의 음이
어찌나 거뜬히 위로 흐르는지 차츰
잦아지는 음계로, 각 음계는 그 자체의
자세로 안전하네 ─ 제각각 엮이었기에.

부풀어 오르는 어둠의 최저음에
맞서서 모든 목소리들이 기꺼이
섞이는데 그대 홀로
한쪽으로 열렬히 뒤틀고 있어
열망 속에서.

To a Solitary Disciple

Rather notice, mon cher,
that the moon is
tilted above
the point of the steeple
than that its color
is shell-pink.

Rather observe
that it is early morning
than that the sky
is smooth
as a turquoise.

Rather grasp
how the dark
converging lines
of the steeple
meet at the pinnacle —
perceive how
its little ornament
tries to stop them —

고적한 제자에게

오히려 이걸 보게, 귀한 사람아,
달의 색깔이
흐린 분홍이란 것보다
달이
저 첨탑 끄트머리
위로 비스듬히 떠 있는 것을.

오히려 이걸 잘 보게,
저 하늘이
터키석처럼
매끄럽다는 것 말고
이른 아침이란 걸.

오히려 이걸 파악하게나.
첨탑의 모여드는
검은 선들이
그 꼭지와 어떻게
만나는지를 ─
그 작은 장식이 그 선들을
어떻게 멈추려고
하는지를 파악하게나 ─

See how it fails!
See how the converging lines
of the hexagonal spire
escape upward —
receding, dividing!
— sepals
that guard and contain
the flower!

Observe
how motionless
the eaten moon
lies in the protecting lines.
It is true:
in the light colors
of morning

brown-stone and slate
shine orange and dark blue.

But observe
the oppressive weight

어째서 그게 안 되는지 보게!
어째서 그 육각형 나선형으로
모여드는 선들이
위쪽으로 피하는지 ──
물러서며, 나뉘면서!
── 그 꽃을
담아 보호하는
꽃받침들!

잘 살펴보게.
이우는 달이
미동도 없이 어떻게
그 보호하는 선들 안에 놓이는지.
아침의
그 밝은 색조 안에서
갈색 돌과 슬레이트가

주황색과 감색으로 빛나는 것은:
사실이야.

하지만 살펴보게나,
쪼그려 앉은 건물의

of the squat edifice!
Observe
the jasmine lightness
of the moon.

그 육중한 무게를!
그 달의
하야스름한 색조를
잘 살펴보게.

Dedication for a Plot of Ground

This plot of ground
facing the waters of this inlet
is dedicated to the living presence of
Emily Dickinson Wellcome
who was born in England, married,
lost her husband and with
her five year old son
sailed for New York in a two-master,
was driven to the Azores;
ran adrift on Fire Island shoal,
met her second husband
in a Brooklyn boarding house,
went with him to Puerto Rico
bore three more children, lost
her second husband, lived hard
for eight years in St. Thomas,
Puerto Rico, San Domingo, followed
the oldest son to New York,
lost her daughter, lost her "baby",
seized the two boys of
the oldest son by the second marriage
mothered them —— they being

한 뼘 땅에 바치다

이 개울 물가에 면한
이 한 뼘 땅은
에밀리 디킨슨 웰컴의
살아 있는 현존에 바쳐집니다.
영국에서 태어나, 결혼을 하고,
남편을 잃고
다섯 살 난 아들과 함께
뉴욕으로 건너왔지요, 이등칸 타고,
아조레스 제도로 내몰렸다가
파이어섬 연안을 떠돌다가
브루클린 하숙집에서
두 번째 남편을 만났지요,
그와 함께 푸에르토리코로 갔다가
세 아이를 더 낳고 두 번째
남편을 잃었고, 힘들게 살았어요,
8년을 세인트토머스섬에서
푸에르토리코에서, 산토도밍고에서,
그리고 맏아들을 따라 뉴욕으로 와서
그만 딸을 잃었어요, '아가'를 잃은 거지요,
두 번째 결혼에서 얻은 큰 아들의
두 아들을 꼭 붙들고
엄마 없는 그 아이들을

motherless —— fought for them
against the other grandmother
and the aunts, brought them here
summer after summer, defended
herself here against thieves,
storms, sun, fire,
against flies, against girls
that came smelling about, against
drought, against weeds, storm-tides,
neighbors, weasels that stole her chickens,
against the weakness of her own hands,
against the growing strength of
the boys, against wind, against
the stones, against trespassers,
against rents, against her own mind.

She grubbed this earth with her own hands,
domineered over this grass plot,
blackguarded her oldest son
into buying it, lived here fifteen years,
attained a final loneliness and ——

엄마처럼 키웠어요, 다른 할머니,
이모들에 맞서서 그 아이들을 지켰고
그 아이들을 여기로 데려왔어요,
매해 여름마다, 도둑들과
태풍과, 태양과, 불에 맞서서
자신을 지키며, 수상하게 접근하는
계집애들에 맞서며, 가뭄에 맞서며
잡초와, 해일에 맞서며,
이웃에 맞서며, 닭을 훔쳐간 족제비에
맞서며, 자기 손의 그 약함에 맞서며,
손자들 커 가는 힘에
맞서며, 바람에 맞서며, 돌에
맞서며, 남의 집에 함부로 들어오는
사람들에 맞서며, 집세에 맞서며,
그녀 자신의 마음에 맞서며.

그 여자는 자기 손으로 이 땅을 파헤쳤던 거죠,
이 풀의 음모를 제압했고요,
맏아들한테 생떼를 부려서 이 땅을
사게 했고요, 여기서 15년을 살고,
마지막 고독을 달성했지요 그러니 ―

If you can bring nothing to this place
but your carcass, keep out.

당신이 이곳에 당신의 죽은 사체 외 어떤 것도
가지고 오지 못한다면, 들어오지 마세요.

3부

신 포도(1921)

Overture to a Dance of Locomotives

Men with picked voices chant the names
of cities in a huge gallery: promises
that pull through descending stairways
to a deep rumbling.

               The rubbing feet
of those coming to be carried quicken a
grey pavement into soft light that rocks
to and fro, under the domed ceiling,
across and across from pale
earthcolored walls of bare limestone.

Covertly the hands of a great clock
go round and round! Were they to
move quicly and at once the whole
secret would be out and the shuffling
of all ants be done forever.

A leaning pyramid of sunlight, narrowing
out at a high window, moves by the clock;
discordant hands straining out from
a center: inevitable postures infinitely

기관차의 춤에 바치는 서곡

선택된 목소리를 지닌 남자들이 큰 화랑에서
도시들의 이름을 부르네요: 약속들,
내려가는 계단을 통하여
깊은 웅성거림을 끌어당기고.

                    실려 가려는 이들의
비벼 대는 발들이 잿빛 포장길을
재촉하여 부드러운 빛이 앞뒤로
흔들리네요, 돔 모양 천장 아래,
석회암 창백한 흙빛 벽을
가로지르고 또 가로질러.

거대한 시계의 침들이 살며시
돌고 또 도네요! 시계 침들이
빨리 돌면 그 즉시 그 모든
비밀이 드러나고 모든 개미들의
행렬은 영원히 끝이 나겠지요.

기우는 햇살의 피라미드, 높다란
창문을 좁혀 가며, 시계에 따라 움직이네요;
중심에서 뻗어 나오며 불화하는
시계 침들; 영원히 반복되는

repeated —

two — twofour — twoeight!

Porters in red hats run on narrow platforms.

This way ma'am!
                 — important not to take
the wrong train!

             Lights from the concrete
ceiling hang crooked but —
                  Poised horizontal
on glittering parallels the dingy cylinders
packed with a warm glow — inviting entry —
pull against the hour. But brakes can
hold a fixed posture till —
                  The whistle!

Not twoeight. Not twofour. Two!

Gliding windows. Colored cooks sweating

불가피한 자세 ―

2시 ― 2시 4분 ― 2시 8분!

빨간 모자 짐꾼들이 좁은 승강장을 달리네요.

이쪽입니다, 부인!
                    ― 기차를 잘못 타지 않는 게
중요하지요!

          콘크리트 천장에서 나오는 빛
삐뚤삐뚤 걸려 있지만 ―
                         반짝이는 평행선들 위
침착한 수평, 따사한 빛 가득 찬
그 칙칙한 원기둥들이 ― 근사한 입장 ―
그 시간을 맞아 잡아당기네요. 하지만 브레이크는
고정된 자세를 취하고, 마침내 ―
                         삐이익!

2시 8분 아니고. 2시 4분 아니고. 2시!

미끄러지는 창문들. 작은 부엌에서

in a small kitchen. Taillights ——

In time: twofour!

in time: twoeight!

—— rivers are tunneled: trestles

cross oozy swampland: wheels repeating

the same gesture remain relatively

stationary: rails forever parallel

return on themselves infinitely.

                          The dance is sure.

땀 흘리는 흑인 요리사들. 미등들 ──
이윽고: 2시 4분!
이윽고: 2시 8분!

── 강에는 터널이 뚫리고: 교각들이
질벅한 늪지대를 지나고: 똑같은 동작을
반복하는 기차 바퀴들은 어쩌면
정지한 듯 보이고: 영원히 평행선인
철로는 그 자체로 무한히 되돌아오네요.
                              그 춤은 확실하군요.

To Waken An Old Lady

Old age is
a flight of small
cheeping birds
skimming
bare trees
above a snow glaze.
Gaining and failing
they are buffeted
by a dark wind —
But what?
On harsh weedstalks
the flock has rested,
the snow
is covered with broken
seedhusks
and the wind tempered
by a shrill
piping of plenty.

늙은 부인을 깨우는

노년은
반짝이는 눈 위
헐벗은 나무들을
스치듯 지나며
짹짹대는 한 무리
작은 새들의 비행이다.
성공도 하고 실패도 하면서
그들은 요동친다
검은 바람에 ─
하지만 뭐?
거친 잡초 줄기 위에서
그 무리는 쉬기도 하고,
눈은
으깨진
씨앗 껍질들로 덮히고
바람은 잠잠해진다
몰아치는
새된 소리에.

Arrival

And yet one arrives somehow,
finds himself loosening the hooks of
her dress
in a strange bedroom —
feels the autumn
dropping its silk and linen leaves
about her ankles.
The tawdry veined body emerges
twisted upon itself
like a winter wind . . . !

도착

이윽고 한 사람이 어찌어찌 도착하여,
낯선 침실에서
그 여자의 드레스 고리들을
풀고 있다 ―
그녀의 발목 언저리에
실크와 리넨 이파리들을 떨어뜨리는
가을을 느낀다.
핏줄 도드라진 저속한 몸이
겨울바람처럼
배배 비틀며 드러난다……!

Blueflags

I stopped the car
to let the children down
where the streets end
in the sun
at the marsh edge
and the reeds begin
and there are small houses
facing the reeds
and the blue mist
in the distance
with grapevine trellises
with grape clusters
small as strawberries
on the vines
and ditches
running springwater
that continue the gutters
with willow over them.
The reeds begin
like water at a shore
their pointed petals waving
dark green and light.

붓꽃

나는 그 차를 멈추고
아이들을 내리게 했지
거리가 끝나는 곳
햇살 아래
습지 끄트머리
갈대가 시작되는 그곳
갈대밭을 면하여
작은 집들이 있고
멀리서
푸른 안개가
얼기설기 포도 덩굴 함께
줄기에 달린
딸기처럼 작은
포도송이들과 함께
또 봄물 흐르는
도랑은
버드나무 드리운
수로와 닿아 있다.
갈대들은
호숫가 물처럼 시작하고
뾰족한 꽃잎들은
진녹색 연녹색으로 흔들린다.

But blueflags are blossoming
in the reeds
which the children pluck
chattering in the reeds
high over their heads
which they part
with bare arms to appear
with fists of flowers
till in the air
there comes the smell
of calamus
from wet, gummy stalks.

하지만 붓꽃들 피어나네
갈대 속에서
아이들은 갈대를 꺾고
자기들 키만큼 자란
갈대밭에서 종알거리고
아이들은 맨팔로
헤어져선
한 주먹 꽃을 들고 나타나
마침내 대기엔
끈적끈적 젖은 줄기에서
창포 내음이
흐른다.

The Widow's Lament in Springtime

Sorrow is my own yard
where the new grass
flames as it has flamed
often before but not
with the cold fire
that closes round me this year.
Thirtyfive years
I lived with my husband.
The plumtree is white today
with masses of flowers.
Masses of flowers
load the cherry branches
and color some bushes
yellow and some red
but the grief in my heart
is stronger than they
for through they were my joy
formerly, today I notice them
and turn away forgetting.
Today my son told me
that in the meadows,
at the edge of the heavy woods

봄철 미망인의 탄식

슬픔은 나의 마당
거기서 새로운 풀이
활활 타오르네, 전에도
종종 타올랐듯이, 하지만
올해 나를 에워싼
차가운 불은 아니었지.
서른다섯 해
나는 그이와 함께 살았어.
저 매화는 오늘 흰색,
꽃 무더기를 달고.
꽃 무더기가
벚꽃 가지를 신고,
덤불에 노랗고
빨간 물을 들이네,
하지만 내 마음의 슬픔
이보다 더 강하여
전에는 꽃이 나의
기쁨이었지만 오늘 나 꽃을
보고선 돌아서 잊어버리네.
오늘 내 아들이 그랬어,
멀리 초원에서
그 울창한 숲 언저리에서

in the distance, he saw

trees of white flowers.

I feel that I would like

to go there

and fall into those flowers

and sink into the marsh near them.

하얀 꽃들 핀
나무들을 봤다고.
나 거기
가 보고 싶어,
그 꽃들 속으로 떨어져
근처 습지에 가라앉고만 싶어.

The Lonely Street

School is over. It is too hot
to walk at ease. At ease
in light frocks they walk the streets
to while the time away.
They have grown tall. They hold
pink flames in their right hands.
In white from head to foot,
with sidelong, idle look —
in yellow, floating stuff,
black sash and stockings —
touching their avid mouths
with pink sugar on a stick —
like a carnation each holds in her hand —
they mount the lonely street.

외로운 거리

학교가 끝났다. 편하게
걷기엔 너무 무더워.
가벼운 드레스 입고 아이들이
거리를 걷네, 느긋하게.
키들이 훌쩍 컸다, 그 아이들.
오른손에는 분홍 꽃들을 쥐고선.
머리에서 발끝까지 흰색으로 꾸미고,
느긋하게 곁눈질하며 ―
나풀나풀, 노랑 입고,
검은 띠와 스타킹 신고 ―
간절한 입에는
분홍 설탕 막대를 갖다 대고 ―
한 사람씩 손에 든 카네이션처럼 ―
그들은 그 외로운 거리를 오른다.

The Great Figure

Among the rain
and lights
I saw the figure 5
in gold
on a red
firetruck
moving
tense
unheeded
to gong clangs
siren howls
and wheels rumbling
through the dark city.

그 대단한 숫자

빗줄기와
불빛 사이로
나는 보았네 숫자 5
빨간
소방차에
황금색으로
정신없이
팽팽하게
질주하며
쟁그랑 종소리
웨엥엥 사이렌
쿠르릉 바퀴로
캄캄한 도시를 가로질렀지.

4부

봄 그리고 모든 것(1923)

Spring and All

By the road to the contagious hospital
under the surge of the blue
mottled clouds driven from the
northeast —— a cold wind. Beyond, the
waste of broad, muddy fields
brown with dried weeds, standing and fallen

patches of standing water
the scattering of tall trees

All along the road the reddish
purplish, forked, upstanding, twiggy
stuff of bushes and small trees
with dead, brown leaves under them
leafless vines ——

Lifeless in appearance, sluggish
dazed spring approaches ——

They enter the new world naked,
cold, uncertain of all
save that they enter. All about them

봄 그리고 모든 것

전염병원 가는 길가
북동쪽에서 몰려온 얼룩덜룩
푸르뎅뎅 구름 떼
아래로 — 찬 바람. 그 너머로,
널찍한 진창 벌판이 황량히 버려져
서 있거나 쓰러진 마른 잡초로 누렇고

여기저기 물 고인 땅
드문드문 멀쑥한 나무들

길을 따라가면 불그스레한
자줏빛, 갈라지고, 꼿꼿한, 잔가지
뒤엉킨 덤불들 또 작은 나무들엔
시든 갈색 이파리들 달려 있고 그 아래
이파리 떨군 덩굴들 —

겉으로는 맥 빠진, 느릿느릿
멍한 봄이 다가온다 —

새로운 세계로 그들은 들어선다, 벌거벗고,
차가운 채, 들어간다는 것 외엔
모든 것 불확실한 채. 주위엔 온통

the cold, familiar wind ——

Now the grass, tomorrow
the stiff curl of wildcarrot leaf
One by one objects are defined ——
It quickens: clarity, outline of leaf

But now the stark dignity of
entrance —— Still, the profound change
has come upon them: rooted, they
grip down and begin to awaken

차갑고 친숙한 바람 —

지금은 풀잎, 내일은
빳빳이 감기는 야생 당근 잎사귀.
하나씩 하나씩 대상들 명확해진다 —
활달해진다: 선명함, 잎사귀의 윤곽

그러나 지금은 시작이라는 그
견고한 위엄 — 이윽고, 그 심오한 변화가
그들에게 시작된다: 뿌리 내리고, 그들은
움켜쥐고 깨어나기 시작한다.

The Pot of Flowers

Pink confused with white
flowers and flowers reversed
take and spill the shaded flame
darting it back
into the lamp's horn

petals aslant darkened with mauve

red where in whorls
petal lays its glow upon petal
round flamegreen throats

petals radiant with transpiercing light
contending
          above
the leaves
reaching up their modest green
from the pot's rim

and there, wholly dark, the pot
gay with rough moss.

꽃 항아리

흰 꽃으로 오해되는 분홍 꽃들
그리고 분홍 같은 흰 꽃들이
그 그늘진 불꽃을 받아 흐르게 하고
램프의 뿔 속으로
불꽃을 되쏘고

꽃잎들 비스듬히 연보라로 어두워지고

붉고 나선형으로
꽃잎이 꽃잎 위에 광채 드리우고
둥근 녹색 불꽃 목줄기

관통하는 빛으로 환한 꽃잎들
수수한 초록으로 기지개 켜는
이파리들
                위로
앞다투어 피어나네
항아리 둘레에서

그리고 거기, 아예 캄캄한, 그 항아리
거친 이끼로 명랑하네.

The Farmer

The farmer in deep thought
is pacing through the rain
among his blank fields, with
hands in pockets,
in his head
the harvest already planted.
A cold wind ruffles the water
among the browned weeds.
On all sides
the world rolls coldly away:
black orchards
darkened by the March clouds —
leaving room for thought.
Down past the brushwood
bristling by
the rainsluiced wagonroad
looms the artist figure of
the farmer — composing
— antagonist

그 농부

깊은 생각에 잠긴 그 농부가
빗속을 뚫고 걷고 있다
텅 빈 벌판을,
손일랑 주머니에,
머릿속엔
수확물 벌써 다 심었다.
갈색 수초 사이로
차가운 바람이 물결을 헝클고.
온 사방으로
그 세계는 차갑게 돌아:
캄캄한 과수원은
3월 구름으로 어두워져 ─
생각거릴 남기고.
빽빽한
잡목 숲 지나서 저 아래
비에 씻긴 마찻길가에
그 농부의 예술가 형상이
어렴풋이 드리운다 ─ 악역을
─ 지어내는

To Have Done Nothing

No that is not it
nothing that I have done
nothing
I have done

is made up of
nothing
and the diphthong

ae

together with
the first person
singular
indicative

of the auxiliary
verb
to have

everything
I have done

아무것도 하지 않는 것

아냐 그게 아냐 아무것도
내가 한 아무것도 아닌 것
내가 한
아무것도 아닌 것은

아무것도 아닌 것으로
이루어져서
그 이중모음

아에

그 첫 번째 사람
과 함께
단수형
직설법

보조
동사로
내가 한

모든 것을
가지는 건

is the same

if to do
is capable
of an
infinity of
combinations

involving the
moral
physical
and religious

codes

for everything
and nothing
are synonymous
when

energy *in vacuo*
has the power

똑같은 것

만약 하는 것이
어떤
무한의
조합을
하는 거라면

도덕적인
물질적인
또 종교적인
규칙들을

수반하면서

왜냐면 모든 것과
아무것도 아닌 것은
같은 뜻이니
진공 속 에너지가

혼돈의
힘을 가지는

of confusion

which only to
have done nothing
can make
perfect

때

이는 다만 어떤 것도
하지 않는 것이
완벽을
기한다는 것

The Rose

The rose is obsolete
but each petal ends in
an edge, the double facet
cementing the grooved
columns of air —— The edge
cuts without cutting
meets —— nothing —— renews
itself in metal or porcelain ——

whither? It ends ——

But if it ends
the start is begun
so that to engage roses
becomes a geometry ——

Sharper, neater, more cutting
figured in majolica ——
the broken plate
glazed with a rose

Somewhere the sense

그 장미

그 장미는 쓸모가 없다
하지만 꽃잎은 저마다 가장자리에서
끝이 난다, 대기의 고랑 진
기둥들을 결속시키는
그 이중의 면 — 가장자리는
자르지 않으면서 자르고
무(無)와 — 만나서 — 금속이나
도자기로 탈바꿈한다 —

어떻게 될까? 끝이 난다 —

하지만 만약 끝이 나면
처음이 시작되니
그리하여 장미를 끌어들이는 것은
기하학이 된다 —

더 날카롭고 더 정교하고 더 다듬은
마욜리카 도기에 새겨져 —
그 깨진 접시는
한 송이 장미로 윤이 나고

어딘가에서 그 감각이

makes copper roses

steel roses ——

The rose carried weight of love

but love is at an end —— of roses

It is at the edge of the

petal that love waits

Crisp, worked to defeat

laboredness —— fragile

plucked, moist, half-raised

cold, precise, touching

What

The place between the petal's

edge and the

From the petal's edge a line starts

that being of steel

infinitely fine, infinitely

rigid penetrates

구리 장미를
강철 장미로 만든다 ─

사랑의 무게를 지고 있는 그 장미,
하지만 사랑은 장미들의 ─ 끝에 있다
그것은 사랑이 기다리는
꽃잎 가장자리에 있고

빳빳한, 부자연스럽지 않게
작업한 ─ 여리면서
단호하고, 촉촉하고, 반쯤 자란
차가운, 정확하고, 감동적인,

무엇

꽃잎 가장자리와 그 사이
어느 곳

꽃잎 가장자리에서 하나의 선이 시작된다
하염없이 가늘고 하염없이
단단한 그 강철의 존재가
은하수를

the Milky Way

without contact —— lifting

from it —— neither hanging

nor pushing ——

The fragility of the flower

unbruised

penetrates space.

뚫고 들어간다
접촉도 없이 — 거기에서
올라간다 — 매달리지도 않고
밀지도 않고 —

멍 들지 않은
꽃의 연약함이
공간을 관통한다.

At the Faucet of June

The sunlight in a
yellow plaque upon the
varnished floor

is full of a song
inflated to
fifty pounds pressure

at the faucet of
June that rings
the triangle of the air

pulling at the
anemones in
Persephone's cow pasture —

When from among
the steel rocks leaps
J.P.M.

who enjoyed
extraordinary privileges

6월의 수도꼭지에서

반들반들한 마루 위
노란 명판 속에
햇살이

노래로 가득 차
50파운드 압력으로
부풀린

수도꼭지에서
대기의 삼각형이
울리는 6월

페르세포네³의 소 목초지에서
아네모네를 끌어당기는
6월의 대기

강철 바위들 중에서
J.P.M.⁴
이 뛸 때

처녀성 가운데
비상한 특권들을

among virginity

to solve the core
of whirling flywheels
by cutting

the Gordian knot
with a Veronese or
perhaps a Rubens ——

whose cars are about
the finest on
the market today ——

And so it comes
to motor cars ——
which is the son

leaving off the g
of sunlight and grass ——
Impossible

즐겼던

빙글빙글 도는 플라이휠의
중심을 풀기 위해
고르디아스의 매듭을

잘라서
베로네세 그림 혹은
아마도 루벤스의 그림과 함께[5] —

누구의 차가
오늘 시장에서
제일 멋진지 —

그래서 그것이 와서
차에 시동을 건다 —
결국 아들이 되고

햇빛과 풀에서
g를 빼게 되면[6] —
말을 하기란

to say, impossible
to underestimate —
wind, earthquakes in

Manchuria, a
partridge
from dry leaves.

불가능하고, 과소평가도
불가능하다 ──
만주에서의

바람과 지진들,
마른 잎들에서
자고새 한 마리.

The Eyeglasses

The universality of things
draws me toward the candy
with melon flowers that open

about the edge of refuse
proclaiming without accent
the quality of the farmer's

shoulders and his daughter's
accidental skin, so sweet
with clover and the small

yellow cinquefoil in the
parched places. It is
this that engages the favorable

distortion of eyeglasses
that see everything and remain
related to mathematics —

in the most practical frame of
brown celluloid made to

안경

사물의 보편성이 나를
이끄네 사탕 쪽으로
그 옆에는 참외꽃이 피고

별 억양 없이 선언하는
거절의 끝자락에서 핀 꽃
억양은 농부의 어깨와 그 딸의

우연한 피부색을 특징
짓는 것, 너무 향긋해
클로버와 그 작고 노란

양지꽃도 함께 있어 바싹
말라 버린 곳에서, 안경의
호의적인 변형을

끌어내는 것은 바로 이것
안경은 모든 것을 보고
수학과 연관이 있어 ―

거북이 껍질을 대표하게끔
만들어진 갈색 셀룰로이드의

represent tortoiseshell —

A letter from the man who
wants to start a new magazine
made of linen

and he owns a typewriter —
July 1, 1922
All this is for eyeglasses

to discover. But
they lie there with the gold
earpieces folded down

tranquilly Titicaca —

가장 실용적인 틀 속에서 ―

한 남자가 보낸 편지
그는 리넨 소재로
새로운 잡지를 만들고 싶어 하고

또 그는 타자기를 갖고 있다 ―
1922년 7월 1일
이 모든 것은 안경이

발견하기 위한 것. 하지만
안경은 고이 접힌 채 금으로 된 안경
귀걸이와 함께 거기 누워 있다

평온한 티티카카[7] ―

The Right of Way

In passing with my mind
on nothing in the world

but the right of way
I enjoy on the road by

virtue of the law —
I saw

and elderly man who
smiled and looked away

to the north past a house —
a woman in blue

who was laughing and
leaning forward to look up

into the man's half
averted face

and a boy of eight who was

길에 대한 권리

길에 대한 권리 말고는
세상 어떤 것도 염두에

두지 않고 지나면서
나는 그 길에서 즐긴다

법의 힘으로 ─
나는 보았지

나이 든 남자 하나
한 채의 집을 지나 북쪽으로

웃으며 눈길 돌리는 ─
푸른 옷의 여자

웃으며 몸을 앞으로
뻗어 시선을 위로 하여

남자의 반쪽, 고개
돌린 얼굴을 보는,

그리고 여덟 살짜리 소년

looking at the middle of

the man's belly
at a watchchain —

The supreme importance
of this nameless spectacle

sped me by them
without a word —

Why bother where I went?
for I went spinning on the

four wheels of my car
along the wet road until

I saw a girl with one leg
over the rail of a balcony

그 남자의 배 중간쯤

시곗줄을
바라보고 있는 ─

이 이름 모를 광경이
최고로 중요하기에

나 천천히 지났지 그들 곁을
말 한 마디 않고 ─

내가 어딜 갔는지 무슨 관심?
비에 젖은 길을 따라

내 차의 네 바퀴 위에서
돌고 돌아서 가다가 이윽고

나 보았지 한 소녀를 다리 하나
발코니 난간 위에 걸치고 선

Death the Barber

Of death
the barber
the barber
talked to me

cutting my
life with
sleep to trim
my hair —

It's just
a moment
he said, we die
every night —

And of
the newest
ways to grow
hair on

bald death —
I told him

죽음을 이발사는

죽음에 대해
그 이발사가
그 이발사가
내게 말했다

머리를 다듬으려고
내 인생을
잠으로
자르면서 —

그건 다만
한순간에 불과해요,
그가 말했다, 우리는
매일 밤 죽어요 —

또 벗겨진 죽음
위에서 머리를
기르는
가장 참신한

방법도 —
나는 그에게

of the quartz
lamp

and of old men
with third
sets of teeth
to the cue

of an old man
who said
at the door —
Sunshine today!

for which
death shaves
him twice
a week

석영 램프에
대해 말했다

영구치를
가진
늙은이에 대해서도
문에서

오늘 해가 좋네!
라고 말한
노인의
기분까지 ──

그걸 위해
죽음은
한 주에 두 번씩
그에게 면도를 하고

To Elsie

The pure products of America
go crazy —
mountain folk from Kentucky

or the ribbed north end of
Jersey
with its isolate lakes and

valleys, its deaf-mutes, thieves
old names
and promiscuity between

devil-may-care men who have taken
to railroading
out of sheer lust of adventure —

and young slatterns, bathed
in filth
from Monday to Saturday

to be tricked out that night
with gauds

엘시에게

미국의 순수한 산물들이
미쳐만 간다 —
켄터키에서 온 산사람들

혹은 뉴저지의
골이 진 북쪽 끝
외딴 호수들과

골짜기들, 귀먹은-벙어리들, 도둑들
오랜 이름들
그저 닥치고 모험을 하고 싶어서

기차 여행을 하는
'악마가 좋아했을 사람들'끼리의
난교(亂交) —

그리고 어린 창녀들,
월요일부터 토요일까지
구정물에서 목욕하고

그 밤 한 건 하려고
싸구려로 치장하고

from imaginations which have no

peasant traditions to give them
character
but flutter and flaunt

sheer rags — succumbing without
emotion
save numbed terror

under some hedge of choke-cherry
or viburnum —
which they cannot express —

Unless it be that marriage
perhaps
with a dash of Indian blood

will throw up a girl so desolate
so hemmed round
with disease or murder

그들에게 개성을 부여하는

어떤 농부의 전통도 결여된
상상력들로
다만 팔랑팔랑 과시만 하는

순전한 걸레들 — 감정 없이
무릎 꿇고
다만 무감한 공포뿐

가막살나무나
산벚나무 울타리 아래서 —
그들은 표현할 수 없는 —

그런 게 아니라면
아마도 어쩌다
인디언 피와 결합해서

한 소녀를 게워 내겠지
병이나 살인으로 그토록 막막하고
그토록 옴짝달싹 못하다가

that she'll be rescued by an

agent —

reared by the state and

sent out at fifteen to work in

some hard-pressed

house in the suburbs —

some doctor's family, some Elsie —

voluptuous water

expressing with broken

brain the truth about us —

her great

ungainly hips and flopping breasts

addressed to cheap

jewelry

and rich young men with fine eyes

as if the earth under our feet

were

그 아이는 업자에게
구출되겠지 —
국가가 길러 주다가

열다섯 살에 교외의
어떤 쪼들리는 집에
식모로 보내지겠지 —

어떤 의사 가족, 어떤 엘시 —
육감적인 물
우리에 대한 그 진실을

부서진 뇌로 표현하는 —
그녀의 커다란
볼썽사나운 히프와 싸구려 보석으로

치장한
출렁이는 가슴
그리고 세심한 눈을 가진 부자 청년들

마치 우리 발 아래 땅이
어떤 하늘의

an excrement of some sky

and we degraded prisoners
destined
to hunger until we eat filth

while the imagination strains
after deer
going by fields of goldenrod in

the stifling heat of September
Somehow
it seems to destroy us

It is only in isolate flecks that
something
is given off

No one
to witness
and adjust, no one to drive the car

똥인 듯 보는

또 우리 좌천한 죄수들은
허기가 운명이라
우리는 쓰레기를 먹고

그래도 상상력은
9월 숨 막히는 더위에
미역취꽃 핀 들판을 지나는 사슴을

허덕허덕 쫓고
어쨌든
그것은 우리를 파멸시키는 듯

고립된 얼룩들 속에서만
어떤 것이
발산되고

아무도
목격하지도
바로잡지도 않고, 아무도 그 차를 몰지 않고

The Red Wheelbarrow

so much depends
upon

a red wheel
barrow

glazed with rain
water

beside the white
chickens.

그 빨간 외바퀴 수레

너무나 많은 것이
기댄다

빨간 외바퀴
수레에

반짝반짝 빗물
젖은

그 곁엔 하얀
병아리들.

At the Ball Game

The crowd at the ball game
is moved uniformly

by a spirit of uselessness
which delights them —

all the exiciting detail
of the chase

and the escape, the error
the flash of genius —

all to no end save beauty
the eternal —

So in detail they, the crowd,
are beautiful

for this
to be warned against

saluted and defied —

야구장에서

군중들은 야구장에서
똑같이 움직인다

그들을 기쁘게 하는
무용함의 정신으로 ─

그 모든 신나는 디테일
추격하고

도망가고, 실수하고
천재의 감쪽같은 사인 ─

아름다움 외엔 어떤 목적 없는 전부
그 영원 ─

그처럼 세세히 그들은, 군중들은,
아름답다

이것은
경고를 받고

경례를 받고 저항을 받고 ─

It is alive, venomous

it smiles grimly
its words cut ——

The flashy female with her
mother, gets it ——

The Jew gets it straight —— it
is deadly, terrifying ——

It is the Inquisition, the
Revolution

It is beauty itself
that lives

day by day in them
idly ——

This is
the power of their faces

그것은 살아 있다, 원한에 가득 차

그것은 으스스하게 웃는다
말들은 잘리고 ―

엄마와 함께 온 그 요란한
여성은, 그걸 안다 ―

유대인은 그걸 바로 안다 ― 그것은
치명적이고 무섭다 ―

그것은 종교재판, 그것은
혁명

그것은 아름다움 그 자체
하루하루

그들 속에서
나른하게 살아가는 ―

이것은
그들 얼굴의 힘

It is summer, it is the solstice
the crowd is

cheering, the crowd is laughing
in detail

permanently, seriously
without thought

여름이다, 하지다
군중은

환호한다, 군중은 웃고 있다
세세하게

영원히, 진지하게
생각 없이

5부

시 모음집(1921~1931년, 1934년 출간)

Young Sycamore

I must tell you
this young tree
whose round and firm trunk
between the wet

pavement and the gutter
(where water
is trickling) rises
bodily

into the air with
one undulant
thrust half its height —
and then

dividing and waning
sending out
young branches on
all sides —

hung with cocoons
it thins

어린 플라타너스

나 너에게 말해야 하리
이 어린 나무를
나무의 둥글고 단단한 몸통이
젖은

보도와 도랑 사이
(거긴 물이 뚝뚝
떨어지고) 힘껏
공중으로

솟아올라
나무 키 반쯤 되는
파동 이는 밀치기로 ──
그러고는

어린 가지들을
사방으로
내보내며
갈라지고 또 기운다 ──

고치들과 같이 매달려
그것은 가늘어지고

till nothing is left of it

but two

eccentric knotted

twigs

bending forward

hornlike at the top

마침내 아무것도 남지 않으리
하지만 두 개의

괴상하게 옹이 진
가지들이
앞으로 숙이니
꼭대기는 뿔과 같아

It Is a Living Coral

a trouble

archaically fettered
to produce

E Pluribus Unum an
island

in the sea a Capitol
surmounted

by Armed Liberty —
painting

sculpture straddled by
a dome

eight million pounds
in weight

iron plates constructed
to expand

그것은 살아 있는 산호다[8]

골칫거리 하나

옛 말투로
다수로부터 하나

를 만들려 결박당한
바다의

섬 무장한 자유의 상이
꼭대기에 있는

국회 의사당[9] —
페인트칠하는

조각품 돔이
걸쳐져 있는

800만 파운드
무게의

쇠 판금이 만들어져
기온

and contract with
variations

of temperature
the folding

and unfolding of a lily.
And Congress

authorized and the
Commission

was entrusted was
entrusted!

a sculptured group
Mars

in Roman mail placing
a wreath

변화에 따라
확장되고

수축하고
백합 한 송이

접히고 열리고.
또 공인된

의회와
위원회가

일임되었고
일임되었다!

조각 같은 그룹
화성

로마의 우편물
워싱턴의

of laurel on the brow
of Washington

Commerce Minerva
Thomas

Jefferson John Hancock
at

the table Mrs. Motte
presenting

Indian burning arrows
to Generals

Marion and Lee to fire
her mansion

and dislodge the British ——
this scaleless

jumble is superb

이마에 월계관을
얹고

미네르바의 상공회의소[10]
토머스

제퍼슨[11] 존 행콕[12]
모트 여사[13]의 테이블

에서
화살을 태우는 인디언을

보여 주어
매리언 장군과 리

장군에게 그녀의 저택을
불태우라고

영국군을 몰아내라고[14] ──
이 눈금 없는

점블 퀴즈는 멋지고

and accurate in its

expression

of the thing they

would destroy —

Baptism of Poca-

hontas

with a little card

hanging

under it to tell

the persons

in the picture.

It climbs

it runs, it is Geo.

Shoup

정확해 그들이
파괴하곤 했던

그것을
표현하는 데 있어 —

포카-
혼타스의 세례[15]

그림 아래 달린
작은 카드와 함께

그 그림 속

사람들을
알려 준다.

그것은 올라간다

그것은 달린다, 그것은 협곡이다.
아이다호의

of Idaho it wears
a beard

it fetches naked
Indian

women from a river
Trumbull

Varnum Henderson
Frances

Willard's corset is
absurd —

Banks White Columbus
stretched

in bed men felling trees

The Hon. Michael

슈프¹⁶ 그것은
수염을 달고 있고

발가벗은
인디언 여자들을

강에서 데려오고
트럼불

바넘 헨더슨
프랜시스

윌러드의 코르셋은
터무니없다¹⁷ —

은행들 침대에
널브러진

백인 콜럼버스 벌목하는 남자들¹⁸

하원 의장 마이클

C. Kerr

onetime Speaker of
the House

of Representatives
Perry

in a rowboat on Lake
Erie

changing ships the
dead

among the wreckage
sickly green

C. 커[19]

의회에서
연설 한 번

한 사람
페리

이리
호수 위 보트에서

배를 갈아타며
병약한 초록

잔해 사이로
죽은 자들

The Sun Bathers

A tramp thawing out
on a doorstep
against an east wall
Nov. 1, 1933:

a young man begrimed
and in an old
army coat
wriggling and scratching

while a fat negress
in a yellow-house window
nearby
leans out and yawns

into the fine weather

햇살에 목욕하는 사람들

문간
동쪽 벽에 기대어
몸을 녹이는 떠돌이 하나
1933년 11월 1일:

낡은
군복 입고
꼼지락거리며 몸을 긁는
땟국물에 절은 젊은이

뚱뚱한 흑인 여자 하나
근처
노란 집 창문에서
몸을 쭉 빼며 하품하네

좋은 날씨에다 대고

The Cod Head

Miscellaneous weed
strands, stems, debris —
firmament

to fishes —
where the yellow feet
of gulls dabble

oars whip
ships churn to bubbles —
at night wildly

agitate phospores-
cent midges — but by day
flaccid

moons in whose
discs sometimes a red cross
lives — four

fathom — the bottom skids
a mottle of green

대구 머리

잡다한 수초
가닥들, 줄기들, 쓰레기 ―
물고기들에겐

창공 ―
거기 갈매기 노란
발이 찰방거리고

노들은 홱홱 움직이고
배들이 휘돌며 거품 보글 일고 ―
밤에는 마구마구

형광색 반짝반-
짝 각다귀들 돌아다니고 ― 그러나 낮엔
축 늘어진

달들, 달의
원반 속에는 때로 붉은 십자가가
산다 ― 4

패덤[20] ― 아래 부분은 뒤로
얼룩덜룩한 초록 모래들을

sands backward ——

amorphous waver-
ing rocks —— three fathom
the vitreous

body through which ——
small scudding fish deep
down —— and

now a lulling lift
and fall ——
red stars —— a severed cod ——

head between two
green stones —— lifting
falling

유유히 미끄러지고 ─

제멋대로 생겨서 흔들-
거리는 바위들 ─ 3패덤
그 유리 같은

몸통, 그 사이로 ─
휙 지나는 심해 물고기들
아래에 ─ 그리고

이제 흔들흔들 오르락
내리락 ─
붉은 별들 ─ 잘린 대구 ─

머리가 두 개의 초록
돌들 사이로 ─ 올라갔다
내려갔다

New England

is a condition —
of bedrooms whose electricity

is brickish or made into
T beams — They dangle them

on wire cables to the tops
of Woolworth buildings

five and ten cents worth —
There they have bolted them

into place at masculine risk —
Or a boy with a rose under

the lintel of his cap
standing to have his picture

taken on the butt of a girder
with the city a mile down —

captured, lonely cock atop

뉴잉글랜드

는 하나의 조건 ─
침실들의, 침실의 전력은

벽돌처럼 단단하거나 T 빔으로
만들어져서 ─ 달랑달랑 침실들

매달고 있다 와이어 케이블 위에
울워스 빌딩들 위 꼭대기까지[21]

10센트짜리[22] ─ 거기서
그들은 침실들 빗장을 질러

남자다운 모험의 장소로 만들고 ─
혹은 모자챙 아래

장미 한 송이 든 소년 하나
철제 대들보 끄트머리에서

1마일 아래 도시와 함께
사진을 찍으려 서 있고 ─

철제 대들보 꼭대기엔

iron girders wears rosepetal

smile —— a thought of Indians
on chestnut branches

to end "walking on the air"

잡혀 온, 외로운 수탉이 장미 꽃잎 같은

미소를 띠고 — 밤나무 가지 위
인디언들 생각

"허공을 걷기"를 끝내려고

Poem

As the cat
climbed over
the top of

the jamcloset
first the right
forefoot

carefully
then the hind
stepped down

into the pit of
the empty
flowerpot

시

고양이가
그 장식장
꼭대기를

오를 때
처음엔 오른쪽
앞발을

조심스레
그러곤 뒷발을
내려놓는다

그 빈
화분의
구덩이 속으로

On Gay Wallpaper

The green-blue ground
is ruled with silver lines
to say the sun is shining

And on this moral sea
of grass or dreams lie flowers
or baskets of desires

Heaven knows what they are
between cerulean shapes
laid regularly round

Mat roses and tridentate
leaves of gold
threes, threes and threes

Three roses and three stems
the basket floating
standing in the horns of blue

Repeated to the ceiling
to the windows

명랑한 벽지에 대해

그 녹-청색의 땅은
은빛 선들이 그어져
태양이 빛나고 있다 말하고

이 점잖은 풀 바다 혹은
꿈들의 바다 위엔 욕망의 꽃들이나
바구니들이 놓여 있고

하늘은 아시지 그것들이 무언지
둥글게 규칙적으로 놓인
감색 형체 사이 그것들

광택 없는 장미들 세 갈래로
갈라진 금빛 이파리들
세 개씩, 세 개씩 또 세 개

세 장미와 세 줄기들
파란 뿔피리 안에 선 채
떠 있는 그 바구니

천장까지
창문까지 되풀이되고

where the day

Blows in
the scalloped curtains to
the sound of rain

거기서는 하루가

빗소리에
물결 모양 커튼 속에서
흩날린다

Nantucket

Flowers through the window
lavender and yellow

changed by white curtains —
Smell of cleanliness —

Sunshine of late afternoon —
On the glass tray

a glass pitcher, the tumbler
turned down, by which

a key is lying — And the
immaculate white bed

난터킷

창문 너머 꽃들
연보라색 노란색

하얀 커튼에 달라지고 —
청결한 내음 —

늦은 오후의 햇살 —
그 유리 쟁반 위엔

유리 항아리, 엎어 놓은
유리잔, 그 옆에는

열쇠 하나 누워 있고 — 그리고
그 티 없는 하얀 침대

The Attic Which Is Desire

the unused tent
of

bare beams
beyond which

directly wait
the night

and day —
Here

from the street
by

    • • •
    • S •
    • O •
    • D •
    • A •
    • • •

갈망인 그 다락

놓고 있는 천막
에

맨 기둥들이
그 너머로

바로 밤을
기다리고

또 낮을 —
여기

그 거리에서
옆에

```
※   ※   ※
※   S   ※
※   O   ※
※   D   ※
※   A   ※
※   ※   ※
```

ringed with
running lights

the darkened
pane

exactly
down the center

is
transfixed

달리는 불빛들로
에워싸인

그 캄캄해진
판유리는

중간 아래로
정확히

끼워져
있고

This Is Just to Say

I have eaten
the plums
that were in
the icebox

and which
you were probably
saving
for breakfast

Forgive me
they were delicious
so sweet
and so cold

그냥 하는 말인데

내가 먹었네요
아이스박스 안에
있던
그 자두들

그거
당신이 아마도
아침으로 먹으려고
아껴 둔 것일 텐데

나 좀 봐줘
자두 참 맛있었거든
무지 달고
무지 차갑던데

The Sea-Elephant

Trundled from
the strangeness of the sea —
a kind of
heaven —

Ladies and Gentlemen!
the greatest
sea-monster ever exhibited
alive

the gigantic
sea-elephant! O wallow
of flesh where
are

there fish enough for
that
appetite stupidity
cannot lessen?

Sick
of April's smallness

그 코끼리물범

바다의 이상함으로부터
느릿느릿 걸어 온 ─
일종의
천국 ─

신사 숙녀 여러분!
지금까지
산 채로 전시된 것 중
가장 큰 바다-괴물이오

그 거대한
코끼리물범! 아 출렁거리는
살 거기서
그렇지

미련해서 줄일 수
없는 그 식욕
감당할
물고기들 충분한가요?

4월의 빈약함이
지겨워

the little

leaves —

Flesh has lief of you

enormous sea —

Speak!

Blouaugh! (feed

me) my

flesh is riven —

fish after fish into his maw

unswallowing

to let them glide down

gulching back

half spittle half

brine

the

troubled eyes — torn

from the sea.

(In

그 작은
꽃잎들 —

살은 기꺼이 당신
거대한 바다의 것 —
말해 봐!
블로우프! (나를

먹여) 내
살이 찢어지네 —
목구멍 속으로 물고기 또 물고기
삼키지도 않고

물고기들 미끄러져 내려가도록
반은 침 반은
소금물
흘러 들어가며

그
괴로운 눈 — 바다
에서 찢긴.
(현실

a practical voice) They
ought
to put it back where
it came from.

Gape.
Strange head ——
told by old sailors ——
rising

bearded
to the surface —— and
the only
sense out of them

is that woman's
Yes
it's wonderful but they
ought to

put it

적인 목소리로) 그들은
그걸 왔던 곳으로
되돌려
놓아야 한다.

입 딱 벌리고.
이상한 머리 —
늙은 선원들이 전하는 —
수면으로

수염 달고
솟구치는 — 그리고
그들에게서 나온
그 유일한 감각

은 그 암컷의 것
그래
놀랍지 하지만 그들은
물범이 왔던

바다로

back into the sea where

it came from.

Blouaugh!

Swing — ride

walk

on wires — toss balls

stoop and

contort yourselves —

But I

am love. I am

from the sea —

Blouaugh!

there is no crime save

the too-heavy

body

the sea

held playfully — comes

to the surface

그걸 되돌려 놓아야
한다는 것.
블로우프!

돌아라 — 타라
걸어라
전선 위에서 — 볼을 던져라
수그려라 그리고

몸을 틀어라 —
하지만 나
는 사랑이라. 나는
그 바다에서 와서 —

블로우프!
너무-무거운
몸
외에는 죄가 없으니

재미있게 간직된
그 바다가 — 수면 위로
나온다

the water

boiling
about the head the cows
scattering
fish dripping from

the bounty
of . . . . and spring
they say
Spring is icummen in ——

그 물

머리 근처에서
부글거리고 암컷들
흩어지고
물고기들 뚝뚝 떨어지네

어마어마한 데서
······ 그리고 봄
그들이 말하네,
봄이 오고 있다고 ──

Death

He's dead
the dog won't have to
sleep on his potatoes
any more to keep them
from freezing

he's dead
the old bastard —
He's a bastard because

there's nothing
legitimate in him any
more
      he's dead
He's sick-dead

              he's
a godforsaken curio
without
any breath in it

He's nothing at all

죽음

그가 죽었다
그 개는 그의 감자들
얼지 않게 하려고 감자 위에서
자는 일을 더는 안 해도
될 것이다

그가 죽었다
그 늙은 망할 놈 ─
그는 망할 놈이다 왜냐

그에게는
합법적인 것이 더 이상은
없으므로
       그가 죽었다
그가 병들어-죽었다

          그는
우울한 별종
그 안에
어떤 숨결도 없는

그는 아무것도 아니다

he's dead
shrunken up to skin

Put his head on
one chair and his
feet on another and
he'll lie there
like an acrobat —

Love's beaten. He
beat it. That's why
he's insufferable —

because
he's here needing a
shave and making love
an inside howl
of anguish and defeat —

He's come out of the man
and he's let
the man go —

그가 죽었다
피골이 상접한 채로

의자 하나엔
그의 머리를 두라 다른 하나엔
발을 그러면 그는
거기에 누워 있을 거다
곡예사처럼 —

사랑은 졌다. 그가
사랑을 이겼다. 이게 그가
견딜 수 없는 이유 —

왜냐하면
그는 여기서 면도가
필요하고 사랑을 나누고
안에선 고뇌와 패배의
절규가 있고 —

그는 그 남자에게서 나왔다
그리고 그는 그 남자가
떠나게 두었다 —

the liar

Dead
     his eyes
rolled up out of
the light —— a mockery

              which
love cannot touch ——

just bury it
and hide its face
for shame.

그 거짓말쟁이

죽어서
        그의 눈은
빛 바깥으로
감겨 올려져 — 사랑이

             닿을 수 없는
하나의 조롱 —

그냥 그걸 묻어라
그리고 그 얼굴을 감추어라
부끄러우니.

The Botticellian Trees

The alphabet of
the trees

is fading in the
song of the leaves

the crossing
bars of the thin

letters that spelled
winter

and the cold
have been illumined

with
pointed green

by the rain and sun —
The strict simple

principles of

보티첼리의 나무

그 나무들의
알파벳이

희미해지고 있다
이파리들의 노래 속에서

겨울을
사로잡은 가느다란

글자들의
횡단하는 빗장들

그리고 추위가
환해졌다

비와 햇살로
뾰족해진 초록과

함께 ─
곧은 가지들의

그 엄격하고 단순한

straight branches

are being modified
by pinched-out

ifs of color, devout
conditions

the smiles of love —

. . . . . .

until the stript
sentences

move as a woman's
limbs under cloth

and praise from secrecy
quick with desire

love's ascendancy
in summer —

원칙들이

변경되고 있다
색채의 바닥난

가정들로, 경건한
조건들로

사랑의 미소들로 —
· · · · · ·

마침내 벗겨진
문장들이

움직인다 옷 아래
여성의 팔다리처럼

은밀히 찬양한다
열망으로 빠르게

사랑의 상승으로
여름날 —

In summer the song
sings itself

above the muffled words —

여름날 그 노래는
자신을 노래한다

그 소리 죽인 말들 위로 ―

from The Descent of Winter

9/30

There are no perfect waves —
Your writings are a sea
full of misspellings and
faulty sentences. Level. Troubled

A center distant from the land
touched by the wings
of nearly silent birds
that never seem to rest —

This is the sadness of the sea —
waves like words, all broken —
a sameness of lifting and falling mood.

I lean watching the detail
of brittle crest, the delicate
imperfect foam, yellow weed
one piece like another —

There is no hope — if not a coral

겨울의 하강에서

9월 30일

완벽한 파도는 없다 —
너의 글들은 하나의 바다
오자들과 틀린 문장들로
가득하다. 평평하고. 괴롭다

절대 쉬지 않을 것 같은
거의 울지 않는 새들의
날개가 닿는
육지에서 먼 중심 —

이것이 바다의 슬픔이다 —
파도는 단어들처럼, 다 부서지고 —
상승과 하강의 분위기도 같다.

나는 기대어 바라본다, 금방 부서지는
물마루를 일일이, 그 섬세하고
불완전한 물거품을, 하나씩
차례로 딸려 오는 누런 물풀도 —

희망은 없다 — 천천히 형성되는

island slowly forming
to wait for birds to drop
the seeds will make it habitable

10/21

In the dead weeds a rubbish heap
aflame: the orange flames
stream horizontal, windblown
they parallel the ground

waving up and down
the flamepoints alternating
the body streaked with loops
and purple stains while
the pale smoke, above
steadily continues eastward —

What chance have the old?
There are no duties for them
no places where they may sit
their knowledge is laughed at

산호섬이 아니라면
새들이 씨앗 떨어뜨리길 기다리는
것이 섬을 살 만하게 만들 것이다

10월 21일

죽은 물풀들 속에 쓰레기 더미
활활: 그 오렌지빛 화염
수평으로 흘러서, 바람에 떠밀려
땅과 나란히 간다

위로 아래로 흔들리면서
번갈아 바뀌는 발화 지점
고리들로 줄이 쳐진 몸체
보라색 얼룩들 한편
그 창백한 연무, 위에서
꾸준히 동쪽으로 향하고 ─

노인들은 어떤 가능성이 있나?
그들은 해야 할 임무가 없고
앉을 수 있는 자리가 없고
그들의 지식은 조롱을 받고

they cannot see, they cannot hear.
A small bundle on the shoulders
weighs them down
one hand is put back under it
to hold it steady.
Their feet hurt, they are weak
they should not have to suffer
as younger people must and do
there should be a truce for them

                        10/22

that brilliant field
of rainwet orange
blanketed

by the red grass
and oilgreen bayberry

the last yarrow
on the gutter
white by the sandy

볼 수도 없고 들을 수도 없다.
그 어깨들 위의 작은 짐이
노인들을 내리누르고
그걸 똑바로 잡으려고
한 손이 그 아래서 받치고 있다.
발은 상처를 입어, 노인들은 약하다
노인들은 고통받아선 아니 된다
더 젊은 이들이 감당해야 하고, 하고 있기에
노인들을 위한 휴전이 있어야 한다

10월 22일

붉은 풀들과
기름진 올리브 열매가
두껍게 씌워진

비에 젖은 오렌지색
그 빛나는 들판

모래 섞인 빗물로
하얗게 된
홈통 위에

rainwater

and a white birch
with a yellow leaves
and few
and loosely hung

and a young dog
jumped out
of the old barrel

                    10/28

in this strong light
the leafless beechtree
shines like a cloud

it seems to glow
of itself
with a soft stript light
of love
over the brittle

마지막 톱풀

헐겁게 달린
몇 안 남은
노란 이파리의
하얀 자작나무

또 낡은 통에서
뛰어나오는
어린 개 한 마리

10월 28일

이 강한 빛 속에는
잎이 진 너도밤나무가
구름처럼 빛난다

그 연약한
풀 위로
부드럽게 벗겨진
사랑의 빛으로
저절로 빛나는

grass

But there are
on second look
a few yellow leaves
still shaking

far apart

just one here one there
trembling vividly

11/1

The moon, the dried weeds
and the Pleiades —

Seven feet tall
the dark, dried weedstalks
make a part of the night
a red lace
on the blue milky sky

것처럼 보여

하지만 다시 보면
몇몇 노란 이파리들이
여전히 떨고 있는 게
보이고

서로 떨어진 채

여기 한 이파리 저기 또 한 이파리
생생하게 떨고 있다

                    11월 1일

달, 말라빠진 잡초들
하늘의 칠요성(七曜星)[23] ──

2미터 넘는 키에
검고 메마른 잡초 줄기들이
밤의 일부를 이룬다
푸른 은하수 하늘 위
붉은 레이스

Write —
by a small lamp

the Pleiades are almost
nameless
and the moon is tilted
and halfgone

And in runningpants and
with ecstatic, aesthetic faces
on the illumined
signboard are leaping
over printed hurdles and
"1/4 of their energy comes from bread"

two
gigantic highschool boys
ten feet tall

작은 램프 옆에서
글을 써라 ─

칠요성은 대개
이름이 없고
달은 기울어진 채
반은 가렸고

러닝 팬츠를 입고
열광하는 미학적인 얼굴들이
불 밝힌
간판 위에서 뛰고 있다
프린트된 허들 너머로 또
"그 사람들 에너지 4분의 1이 빵에서 나온다"

덩치 큰 고등학교 남학생
둘이
3미터 높이로

6부

때 이른 순교자(1935)

An Early Martyr

Rather than permit him
to testify in court
Giving reasons
why he stole from
Exclusive stores
then sent post-cards
To the police
to come and arrest him
—— if they could ——
They railroaded him
to an asylum for
The criminally insane
without trial

The prophylactic to
madness
Having been denied him
he went close to
The edge out of
frustration and
Doggedness ——

때 이른 순교자

왜 그 명품 매장에서
물건을 훔쳤는지 그러고는
— 할 수만 있다면 —
와서 자기를 잡아가라고
경찰에
엽서를 보냈는지
이유를 대며
그가 법정에서
증언하도록 허락하지 않고
그들은 재판도 없이
그를 미친 범죄자들을 위한
정신병원으로
곧장 집어넣어 버렸다

광기에 대한
예방책이
그를 부정했기에
그는 좌절과
고집에서
그 극단으로 —
치달았다

Inflexible, finally they

had to release him ——

The institution was

"overcrowded"

They let him go

in the custody of

A relative on condition

that he remain

Out of the state ——

They "cured" him all

right

But the set-up

he fought against

Remains ——

and his youthful deed

Signalizing

the romantic period

Of a revolt

he served well

Is still good ——

완강하여, 마침내 그들이
그를 풀어 주어야 했다 —
감옥에
사람이 "너무 많았던" 것
그들은 그를
친척의 관리 아래
그 주를 떠나 있어야 한다는
조건을 달아
풀어 주었다 —

그들은 그를
잘 "치료했지만"
그가 맞서 싸운
그 체제는
여전하다 —
또 그가 잘 복무했던
혁명의
낭만적인 시기를
상징하는
젊은 날의 행위는
여전히 유효하다 —

Let him be

a factory whistle

That keeps blaring —

Sense, sense, sense!

so long as there's

A mind to remember

and a voice to

carry it on —

Never give up

keep at it!

Unavoided, terrifying

to such bought

Courts as he thought

to trust to but they

Double-crossed him.

그로 하여금
계속 왱왱 울리는
공장 호루라기가 되게 하라 —
감각하라, 감각하라, 감각하라!
기억할 정신과
그걸 수행할
목소리가
있기만 하다면 —

절대로 포기하지 말고
끝까지 견뎌!
피할 수 없어서, 무서워서
그렇게 돈을 준
법정을 그는 신뢰하기로
마음먹었으나 그들은
그를 두 번 엿 먹였다.

Flowers by the Sea

When over the flowery, sharp pasture's
edge, unseen, the salt ocean

lifts its form — chicory and daisies
tied, released, seem hardly flowers alone

but color and the movement — or the shape
perhaps — of restlessness, whereas

the sea is circled and sways
peacefully upon its plantlike stem

바닷가 꽃들

꽃들 만발한 저 선명한 목초지
끄트머리 너머로, 보이지 않는 짠내 나는 대양이

그 형식을 들어 올린다 ─ 묶였다가, 풀리는,
치커리와 데이지는 꽃 같지가 않다

다만 들썩들썩하는 색과 움직임 ─ 아니면
혹시 그 형체일지도 몰라 ─ 하지만

바다는 둥글게 말린 채 그 식물 같은
줄기 위에서 평화롭게 흔들린다.

Item

This, with a face
like a mashed blood orange
that suddenly

would get eyes
and look up and scream
War! War!

clutching her
thick, ragged coat
A piece of hat

broken shoes
War! War!
stumbling for dread

at the young men
who with their gun-butts
shove her

sprawling —
a note

항목

이것은, 으깨어진
핏빛 오렌지 같은 얼굴로
그처럼 갑자기

시선을 끌다가
고개 들어 소리친다.
전쟁 났어요! 전쟁 났어요!

그녀 너덜너덜 두꺼운
외투를 움켜쥐고
모자에

망가진 구두에
전쟁 났어요! 전쟁 났어요!
총 개머리로

그녀를 밀치는
젊은이들에게
두려움에 비틀거리며

널브러져 ─
그 지면 아래쪽에

at the foot of the page

메모 하나

The Locust Tree in Flower
(First version)

Among

the leaves

bright

green

of wrist-thick

tree

and old

stiff broken

branch

ferncool

swaying

loosely strung —

come May

again

white blossom

clusters

hide

꽃이 핀 아카시아나무

(첫 번째 버전)

밑둥 두꺼운
나무의
밝은

초록
이파리들과
느슨하게 매달려

푸릇푸릇
흔들리는
늙고

뻣뻣한
부러진 가지
사이로 ──

다시
5월이 온다
흰 꽃

무리들이
숨어서

to spill

their sweets
almost
unnoticed

down
and quickly
fall

달콤한 향기를

흩날린다
거의
아무도 모르게

아래로
그러곤 재빨리
떨어진다

The Locust Tree in Flower
(Second version)

Among

of

green

stiff

old

bright

broken

branch

come

white

sweet

May

again

꽃이 핀 아카시아나무
(두 번째 버전)

초록
뻣뻣한
늙고

환한
부러진
가지

사이
로
온다

희고
달짝한
5월이

다시

View of a Lake

from a
highway below a face
of rock

too recently blasted
to be overgrown
with grass or fern:

Where a
waste of cinders
slopes down to

the railroad and
the lake
stand three children

beside the weed-grown
chassis
of a wrecked car

immobile in a line
facing the water

호수 풍경

아주 최근에 발파되어
풀이나 고사리가
웃자라지 않은

바위
얼굴 아래 고속도로
에서

거기
폐기된 철판들이
아래로 기울어

철로까지 또
호수까지 닿은 곳에
세 아이가 서 있다

그 옆엔 부서진 차의
차대
잡초 무성하고

셋은 한 줄로 미동도 않고
호수를 바라본다

To the left a boy

in falling off
blue overalls
Next to him a girl

in a grimy frock
And another boy
They are intent

watching something
below — ?
A section sign: 50

on an iron post
planted
by a narrow concrete

service hut
(to which runs
a sheaf of wires)

왼쪽으로 한 소년은

파란 멜빵바지를
늘어뜨린 채
그 옆엔 한 소녀가

더러운 드레스 차림
그리고 소년이 하나 더
그들은 열심히

아래쪽에 있는
뭔가를 보고 있다 — ?
구획 표시: 50

교차로들 쪽으로
다져진
일반 철판들 속에

좁은 콘크리트
휴게소 건물 옆에
박혀 있는

in the universal

cinders beaten

into crossing paths

to form the front yard

of a frame house

at the right

that looks

to have been flayed

Opposite

remains a sycamore

in leaf

Intently fixed

the three

with straight backs

ignore

the stalled traffic

all eyes

철근 기둥 위
(여기로 한 다발
전선이 흐르고)

교차로는 오른쪽
A자형 집의
앞마당을 이루고

집의 외양은
형편이 없고
반대쪽에는

플라타너스 한 그루 남아
이파리 드리우고
골똘히 정신 팔린

그 셋
허리 꼿꼿 세우고
오도가도 못하는 차량을

외면한 채
시선은 오직

toward the water

호수를 향하고

To a Poor Old Woman

munching a plum on
the street a paper bag
of them in her hand

They taste good to her
They taste good
to her. They taste
good to her

You can see it by
the way she gives herself
to the one half
sucked out in her hand

Comforted
a solace of ripe plums
seeming to fill the air
They taste good to her

가난하고 늙은 한 여인에게

거리에서 자두 하나
아삭아삭 씹으며
손에는 자두 든 봉투

그것들은 그녀에게 맛이 좋다
그것들은 그녀에게 맛이
좋다 그것들은 그녀에게
맛이 좋다

당신은 볼 수 있지
그녀가 손으로 자두 반 개
쪽쪽 빠는 데
얼마나 몰두하는지

편안하게
잘 익은 자두들의 위안이
대기를 가득 채우는 듯
그것들은 그녀에게 맛이 좋다

Proletarian Portrait

A big young bareheaded woman
in an apron

Her hair slicked back standing
on the street

One stockinged foot toeing
the sidewalk

Her shoe in her hand. Looking
intently into it

She pulls out the paper insole
to find the nail

That has been hurting her

프롤레타리아의 초상화

덩치 큰 젊은 여인, 모자도 안 쓰고
앞치마를 두른 채

머리 반질하게 뒤로 넘기고
거리에 서 있다

스타킹 신은 한쪽 발
인도에 발끝 곧추세우고

신발은 손에 들고. 골똘히
신발 안쪽을 들여다보더니

그녀, 종이로 된 깔창 벗겨 내어
못을 찾아낸다

그게 그렇게 아팠던 거다

The Raper from Passenack

was very kind. When she regained
her wits, he said, It's all right, kid,
I took care of you.

What a mess she was in. Then he added,
You'll never forget me now.
And drove her home.

Only a man who is sick, she said
would do a thing like that.
It must be so.

No one who is not diseased could be
so insanely cruel. He wants to give it
to someone else —

to justify himself. But if I get a
venereal infection out of this
I won't be treated.

I refuse. You'll find me dead in bed
first. Why not? That's

패스넉에서 온 그 강간자

는 아주 친절했다. 그녀가 정신을
되찾았을 때, 그가 말했다, 괜찮아, 아가야,
내가 너를 보살펴 준 거야.

그녀 얼마나 엉망진창이었는지. 또 그가 덧붙이길,
이제 넌 나를 절대로 잊지 못할 거야.
그러고는 그녀를 집에 데려다주었다.

어디가 아픈 사람만이, 그녀는 말했다,
그렇게 할 수 있을 거예요.
틀림없이 그래요.

병들지 않은 사람은 그렇게
미친 듯 잔인할 수는 없어요. 그는
또 다른 누군가에게 그리하고 싶어 해요 —

자기를 정당화하기 위해. 하지만 제가 혹시
이 일로 성병에라도 걸리면
저는 치료를 못 받겠지요.

안 할래요. 당신이 침대에 죽어 있는 나를
맨 처음 발견하겠지요. 그렇지 않아요? 그게

the way she spoke,

I wish I could shoot him. How would
you like to know a murderer?
I may do it.

I'll know by the end of this week.
I wouldn't scream. I bit him
several times

but he was too strong for me.
I can't yet understand it. I don't
faint so easily.

When I came to myself and realized
what had happened all I could do
was to curse

and call him every vile name I could
think of. I was so glad
to be taken home.

그녀가 말한 거였는데,

그 남자 총으로 쏴 죽이고 싶어요. 당신
살인자 하나 어떻게 알고 싶어요?
그럴지도 모르지요.

이번 주말쯤에나 알게 되겠지요.
나는 비명을 지르진 않을 거예요. 나
그 사람 몇 번 때렸는데

하지만 그 사람 나한테는 너무 셌어요.
아직 그걸 이해 못 하겠어요. 전
그렇게 쉽게 기절하진 않거든요.

정신이 들어 무슨 일이 일어났는지
알게 되었을 때 내가 할 수 있는 거라곤
저주를 퍼붓는 거였어요

그 사람한테 내가 생각해 낼 수 있는 욕이란
욕은 다 하는 것뿐. 집에 가게 되어
나는 너무 기뻤어요.

I suppose it's my mind — the fear of
infection. I'd rather a million times
have been got pregnant.

But it's the foulness of it can't
be cured. And hatred, hatred of all men
— and disgust.

아마도 내 마음은 ─ 성병에 대한
두려움. 차라리 수백만 번
임신을 하는 게 나아요.

하지만 치료가 절대로 안 되는 건 바로 그
더러움이죠. 그리고 증오도, 모든 남자에 대한 증오
─ 그리고 혐오지요.

The Yachts

contend in a sea which the land partly encloses
shielding them from the too-heavy blows
of an ungoverned ocean which when it chooses

tortures the biggest hulls, the best man knows
to pit against its beatings, and sinks them pitilessly.
Mothlike in mists, scintillant in the minute

brilliance of cloudless days, with broad bellying sails
they glide to the wind tossing green water
from their sharp prows while over them the crew crawls

ant-like, solicitously grooming them, releasing,
making fast as they turn, lean far over and having
caught the wind again, side by side, head for the mark.

In a well guarded arena of open water surrounded by
lesser and greater craft which, sycophant, lumbering
and flittering follow them, they appear youthful, rare

as the light of a happy eye, live with the grace
of all that in the mind is fleckless, free and

요트들

이 바다에서 겨루고 있다 육지가 일부를 감싸
막무가내 대양이 가하는 너무 심한 타격을
막아 주는 바다. 대양은 마음만 먹으면

최고의 사람만 겨룰 수 있는 매질들로
가장 큰 선박들을 고문하고 무자비하게 침몰시킨다.
옅은 안개 속 나방같이, 구름 한 점 없는 날들의

미세한 광채 속에 번쩍이며 넓적 부풀어 오른 돛을 달고
요트들은 뾰족한 뱃머리로 바람을 가르며 푸른 수면을
흔들며 나아가고 그 위로 선원들이 개미처럼

기어 다니며, 세심하게 손질하고, 풀어 주었다가
선회할 때는 빨리 돌리고, 잔뜩 기울면 다시
바람을 붙잡고는 나란히 표적 향해 나아간다.

더 작고 더 큰 배에 둘러싸인 탁 트인 수면의
잘 보호되는 구역에서 알랑알랑 느릿느릿 기듯이
훨훨 날듯이 그 배들을 따라잡으며 요트들은 젊어 보인다,

행복한 눈의 빛처럼 귀하고, 마음에 한 점 흠 없이
자유롭고 자연스럽게 열망하는 그 모든 것의 은총과

naturally to be desired. Now the sea which holds them

is moody, lapping their glossy sides, as if feeling
for some slightest flaw but fails completely.
Today no race. Then the wind comes again. The yachts

move, jockeying for a start, the signal is set and they
are off. Now the waves strike at them but they are too
well made, they slip through, though they take in canvas.

Arms with hands grasping seek to clutch at the prows.
Bodies thrown recklessly in the way are cut aside.
It is a sea of faces about them in agony, in despair

until the horror of the race dawns staggering the mind,
the whole sea become an entanglement of watery bodies
lost to the world bearing what they cannot hold. Broken,

beaten, desolate, reaching from the dead to be taken up
they cry out, failing, failing! their cries rising
in waves still as the skillful yachts pass over.

더불어 살아간다. 이제 이들을 안은 바다는

변덕이 발동해 윤기 나는 수면을 찰싹거린다, 마치
아주 미세한 결함을 느끼는 듯, 하지만 완벽한 실패다.
오늘은 경주가 없다. 또 바람이 다시 인다. 요트들은

움직인다, 출발을 다투며, 신호가 내려지고 요트들은
떠난다. 이제 파도가 요트를 때리고, 하지만 너무나 잘
만들어져, 요트들은 미끄러지듯 나아간다, 돛을 접고도.

손을 맞잡은 팔들이 뱃머리를 움켜쥐려 한다.
그 길에 무모하게 던져진 몸뚱아리들 한쪽으로 잘려 나가고.
그것은 고통에 처한, 절망에 처한 얼굴들의 바다.

요트 경기의 공포가 싹터서 마음을 흔들어 대고,
온 바다가 젖은 몸뚱아리들 서로 뒤엉키고.
지닐 수 없는 것들을 견디는 세계에 빼앗긴 몸들. 깨지고,

얻어맞고, 비참해져, 죽음에서 나와 구조되려고 그들은
울부짖는다, 틀렸어, 다 틀렸어! 그 울음 고요한 파도 속에
커져 가고 솜씨 좋은 요트들은 지나쳐 간다.

The Catholic Bells

Tho' I'm no Catholic
I listen hard when the bells
in the yellow-brick tower
of their new church

ring down the leaves
ring in the frost upon them
and the death of the flowers
ring out the grackle

toward the south, the sky
darkened by them, ring in
he new baby of Mr. and Mrs.
Krantz which cannot

for the fat of its cheeks
open well its eyes, ring out
the parrot under its hood
jealous of the child

ring in Sunday morning
and old age which adds as it

성당 종소리

비록 나 천주교인은 아니지만
나는 귀 기울여 듣는다
새 성당의 노란
벽돌 탑에서 종소리가

이파리들 아래로 흐를 때
낙엽 위 서리 속으로 흐를 때
그리고 꽃들의 죽음이
찌르레기 무리를 울릴 때

남쪽을 향하여 하늘은
그 소리로 어두워지고
크란츠 부부의 새 아기
볼이 너무 통통해

눈을 잘 뜰 수 없는 아기에게
울리고, 아기를 샘내는
덮개 밑 앵무새에게
와 울리고

일요일 아침에 울리고
그 아침이 떠나가면 더해지는

takes away. Let them ring
only ring! over the oil

painting of a young priest
on the church wall advertising
last week's Novena to St.
Anthony, ring for the lame

young man in black with
gaunt cheeks and wearing a
Derby hat, who is hurrying
to 11 o'clock Mass (the

grapes still hanging to
the vine along the nearby
Concordia Halle like broken
teeth in the head of an

old man) Let them ring
for the eyes and ring for
the hands and ring for
the children of my friend

노년에도 울린다. 종소리
울리게 하라 다만 울리게!

지난주 9일 기도를
성 안토니오에게 자랑하는
교회 벽 위 젊은 신부의
유화 위에 울리고,

검은 옷에 여윈 뺨, 더비
모자를 쓰고 11시 미사를
위해 서두르는 그 절름발이
젊은이에게도 울리게 하라 (근처

콩코디아 홀을 따라 늙은이의
머리에 깨진 이처럼 성긴
포도 줄기에 아직도
매달려 있는 포도들)

내 친구 아이들의 눈을 위해
그 아이들의 손을 위해
성당 종소리가
울리게 하라

who no longer hears
them ring but with a smile
and in a low voice speaks
of the decisions of her

daughter and the proposals
and betrayals of her
husband's friends. O bells
ring for the ringing!

the beginning and the end
of the ringing! Ring ring
ring ring ring ring ring!
Catholic bells —— !

내 친구는 그 종소리
더는 못 듣고 다만
미소로 낮은 목소리로
자기 딸들의 결심을 말하네

자기 남편 친구들의
청혼과 배신들에
대해 말하네. 아, 울림을
위해 그 종들 울리게 하라!

그 낭랑한 소리의 시작과
끝이여! 댕 댕 댕 댕
댕 댕 댕 댕 댕 댕!
성당 종소리 — !

7부

아담과 이브 그리고 그 도시(1936)

Fine Work with Pitch and Copper

Now they are resting
in the fleckless light
separately in unison

like the sacks
of sifted stone stacked
regularly by twos

about the flat roof
ready after lunch
to be opened and strewn

The copper in eight
foot strips has been
beaten lengthwise

down the center at right
angles and lies ready
to edgy the coping

One still chewing
picks up a copper strip

콜타르 찌꺼기와 구리로 하는 세밀한 작업

이제 그들은 쉬고 있다
얼룩 한 점 없는 빛 속에서
똑같이 떨어져 앉아

평평한 지붕에서
둘씩 차근차근
쌓아 올린 체질한

돌멩이 자루 같다
점심 지나서
열어서 뿌릴 예정인

8피트(2.5미터) 가느다란
구리는 세로로
펴져서

직각으로
꺾여 모서리를
두르게 될 것이다

아직도 우물거리는 사람이
구리 가닥을 골라서

and runs his eye along it

눈으로 그 가닥을 따라 훑는다.

Adam

He grew up by the sea
on a hot island
inhabited by negroes — mostly.
There he built himself
a boat and a separate room
close to the water
for a piano on which he practiced —
by sheer doggedness
and strength of purpose
striving
like an Englishman
to emulate his Spanish friend
and idol — the weather!

And there he learned
to play the flute — not very well —

Thence he was driven
out of Paradise — to taste
the death that duty brings
so daintily, so mincingly,
with such a noble air —

아담

그는 바닷가
무더운 섬에서 자랐다
주로 ─ 흑인들이 사는.
거기서 그는 보트를
한 척 만들고 물가에
피아노 방을
따로 만들어 연습했다 ─
순전한 고집과
목적의식으로
영국인처럼
그의 스페인 친구와
우상 ─ 그 날씨!
을 애써 따라 했다.

또 거기서 그는 플루트
연주도 배웠다 ─ 그다지 잘하진 못하나 ─

그 뒤에 그는
천국에서 나와 ─ 의무가
그처럼 까다롭게, 그처럼 으스대며
가져오는 죽음을 맛보았다,
그렇게나 고상한 태도로 ─

that enslaved him all his life
thereafter —

And he left behind
all the curious memories that come
with shells and hurricanes —
the smells
and sound and glancing looks
that Latins know belong
to boredom and long torrid hours
and Englishmen
will never understand — whom
duty has marked
for special mention — with
a tropic of its own
and its own heavy-winged fowl
and flowers that vomit beauty
at midnight —

But the Latin has turned romance
to a purpose cold as ice.
He never sees

그 뒤로 쭉 평생토록 그는
그렇게 속박되었다 —

또 그는 조개껍질과 허리케인과 함께 온
모든 호기심 어린 기억들을
뒤에 남겼다 —
냄새들
소리들과 쳐다보는 눈길들
라틴계 사람들이 알기로
권태와 몹시 더운 오랜 시간에 속한 것들
영국인들은 결코
이해하지 못할 것들 — 그이들에게
의무는 특별히 거론될 때만
표기되기에 — 그 자체의
열대지방과 그 자체의
무거운 날개 달린 새들과
한밤에 아름다움을
토해 내는 꽃들 —

하지만 그 라틴계 사람은 로맨스를
얼음처럼 차가운 목적으로 돌렸다.
그는 결코

or seldom

what melted Adam's knees

to jelly and despair — and

held them up pontifically —

Underneath the whisperings

of tropic nights

there is a darker whispering

that death invents especially

for northern men

whom the tropics

have come to hold.

It would have been enough

to know that never,

never, never, never would

peace come as the sun comes

in the hot islands.

But there was

a special hell besides

where black women lie waiting

for a boy —

혹은 거의 보지 않는다
무엇이 아담의 무릎을
젤리와 절망으로 녹여 버렸는지 ─ 또
그것들을 주교처럼 떠받들었는지 ─

그 아래에 열대의 밤들의
속삭임들이 있고
열대지방이 장악해야 하는
북녘의 남자들을 위해
죽음이 특별히
발명한
더 어두운 속삭임이 있다.

결코, 결코, 결코,
결코, 평화는
태양이 무더운 섬에
떠오르듯 오지 않는다는 걸
아는 것은 충분했을 것이다.
하지만
특별한 지옥 또한 있었기에
검은 여인들은
한 소년을 기다리며 누워 있다 ─

Naked on a raft
he could see the barracudas
waiting to castrate him
so the saying went —
Circumstances take longer —

But being an Englishman
though he had not lived in England
desde que avia cinco años
he never turned back
but kept a cold eye always
on the inevitable end
never wincing — never to unbend —
God's handyman
going quietly into hell's mouth
for a paper of reference —
fetching water to posterity
a British passport
always in his pocket —
muleback over Costa Rica
eating pâtés of black ants

뗏목 위에 발가벗은 채
그는 그를 거세하려고 기다리는
창꼬치들을 볼 수 있었다
그래서 그런 말이 생겼다 ─
더 기다려야 때가 온다고 ─

다섯 살 때 이후로
영국에서 살지도 않았으면서
영국인이 된다는 것,
그는 한번도 돌아보지 않았고
다만 그 불가피한 종말을 향해
늘 차가운 시선을 두었을 뿐
절대 움찔하지 않고 ─ 긴장을 풀지도 않고 ─
하느님의 일꾼은
추천서 한 장을 위해
지옥의 입구에 조용히 갔다가 ─
후손들에게 물을 갖다 주고
영국 여권은
늘 자기 주머니에 ─
코스타리카 너머 노새 등에 넣어 두고
검은 개미 파테를 먹는다

And the Latin ladies admired him

and under their smiles

dartled the dagger of despair —

in spite of

a most thorough trial —

found his English heart safe

in the roseate steel. Duty

the angel

which with whip in hand . . .

— along the low wall of paradise

where they sat and smiled

and flipped their fans

at him —

He never had but the one home

Staring Him in the eye

coldly

and with patience —

without a murmur, silently

a desperate, unvarying silence

to the unhurried last.

라틴계 여성들은 그를 흠모했다
그래서 미소 지으며
절망의 단도를 자꾸만 던졌다 —
매우 철저한 시도였지만
그럼에도 —
그의 영국인 심장이 그 장밋빛
강철 속에서 안전하다는 걸 알았다. 손에
채찍을 든
천사의 임무……
— 여자들이 앉아서 웃다가
부채들을 홱
그에게 젖혔던
천국의 그 낮은 담을 따라가며 —

그는 그 집 하나 외엔 아무것도 없었다
그분의 눈을 빤히 바라보는 일
차갑게
끈기 있게 —
중얼거림 없이, 조용히
그 느긋한 최후로 가는
절망적인 변함없는 침묵.

The Crimson Cyclamen
(To the Memory of Charles Demuth)

White suffused with red

more rose than crimson

— all acolor

the petals flare back

from the stooping craters

of those flowers

as from a wind rising —

And though the light

that enfolds and pierces

them discovers blues

and yellows there also —

and crimson's a dull word

beside such play —

yet the effect against

this winter where

they stand — is crimson —

It is miraculous

that flower should rise

by flower

alike in loveliness —

as though mirrors

진홍색 시클라멘꽃
(찰스 데무스를 기억하며)

빨강 번져 있는 흰색

진홍보다 더 장밋빛

── 색색깔로

꽃잎들 붉게 터지네

그 꽃들의

수그린 분화구에서

바람이 일어나듯이 ──

비록 그 꽃잎들

감싸고 뚫고 나오는

빛이 거기서 푸름과

노랑도 발견하긴 하지만 ──

그런 놀이 옆에서

진홍은 지루한 단어 ──

하지만 꽃들 서 있는

이 겨울에 견줘 보면

그 효과는 ── 진홍색 ──

사랑스러움 속에서

꽃이

꽃으로 똑같이

일어나는 건 기적적인 일 ──

마치 어떤 완벽의

of some perfection
could never be
too often shown —
silence holds them —
in that space. And
color has been construed
from emptiness
to waken there —

But the form came gradually.
The plant was there
before the flowers
as always — the leaves,
day by day changing. In
September when the first
pink pointed bud still
bowed below, all the leaves
heart-shaped
were already spread —
quirked and green
and stenciled with a paler
green

거울들은
아무리 자주 보여도
괜찮은 것처럼 —
침묵이 그들을 받치니 —
그 공간에서. 그리고
색채는 거기서
허무로부터 일깨우는
것으로 해석되어 왔지 —

하지만 그 형태는 서서히 왔지.
늘 그렇듯
그 식물은 꽃들 이전에
거기 있었고 — 이파리들은,
매일매일 바뀌고. 9월
에 그 첫 핑크빛
뾰족한 꽃망울이 가만히
아래로 향할 때, 심장 모양의
그 모든 이파리들은
이미 퍼져 나갔지 —
비틀린 채 초록으로
가장자리를 불규칙적으로
가로지르고 둥글게

irregularly

across and round the edge —

Upon each leaf it is

a pattern more

of logic than a purpose

links each part to the rest,

an abstraction

playfully following

centripetal

devices, as of pure thought —

the edge tying by

convergent, crazy rays

with the center —

where that dips

cupping down to the

upright stem — the source

that has splayed out

fanwise and returns

upon itself in the design

thus decoratively —

더 창백한
초록 자국 남기며 —

이파리 각각에는
패턴이 있어서
목적이라기보다 논리인 패턴이
각 부분을 나머지 부분과 연결하고,
하나의 추상이
구심성의 장치로
경쾌하게
이어지고, 순수한 사유로 —
수렴하는 미친 광선으로
중심과 묶은
가장자리 —
거기서 살짝 팬 것들
꼿꼿한 줄기로
동그랗게 모아 내려가고 —
부채꼴로 열렸다가
그렇게 꾸며진
디자인대로
돌아오는 그 근원 —

Such are the leaves

freakish, of the air

as thought is, or roots

dark, complex from

subterranean revolutions

and rank odors

waiting for the moon —

The young leaves

coming among the rest

are more crisp

and deeply cupped

the edges rising first

impatient of the slower

stem — the older

level, the oldest

with the edge already

fallen a little backward —

the stem alone

holding the form

stiffly a while longer —

Under the leaf, the same

그런 것들이 이파리들이지
별난, 대기의 이파리들,
사유가 그러하듯, 혹은
어두운 뿌리들,
지하의 혁명과
달을 기다리는
쾨쾨한 내음으로 복잡한 —
나머지 중에서 나오는
어린 이파리들은
더 빳빳하고
깊숙이 말려 있고
더 느린 줄기를
참지 못하고 먼저 솟아나는
가장자리들 — 더 오래된
층위, 가장 오래된
조금 뒤쪽으로 벌써 기울어진
가장자리와 함께 —
줄기만 홀로
약간 더 오래 빳빳하게
그 형태를 유지하며 —

이파리 아래도, 마찬가지야

though the smooth green
is gone. Now the ribbed
design — if not
the purpose, is explained.
The stem's pink flanges,
strongly marked,
stand to the frail edge,
dividing, thinning
through the pink and downy
mesh — as the round stem
is pink also — cranking
to penciled lines
angularly deft
through all, to link together
the unnicked argument
to the last crinkled edge —
where the under and the over
meet and disappear
and the air alone begins
to go from them —
the conclusion left still
blunt, floating

비록 잔잔한 초록은
사라졌어도. 이제 그 이랑진
디자인이 — 그 목적이
아니라 해도, 설명이 되지.
줄기의 분홍 테두리들,
선명하게 흔적 남아,
연약한 가장자리에 서 있네,
갈라지며, 분홍 폭신한 망사 지나
가늘어지는 — 둥근 줄기도
마찬가지로 분홍이니 —
모든 것 지나
뾰족하게 여무는
연필 선들로
돌아가는, 자국 하나 없는
그 주장과 함께 연결되어
맨 끝 쪼글쪼글한 가장자리까지 —
거기선 아래 위가
만나서 사라지고
공기만이 거기서
나가기 시작하고 —
끄트머리는 여전히
뭉툭하게, 떠다니네

if warped and quaintly flecked

whitened and streaked

resting

upon the tie of the stem ——

But half hidden under them

such as they are

it begins that must

put thought to rest ——

wakes in tinted beaks

still raising the head

and passion

is loosed ——

its small lusts

addressed still to

the knees and to sleep ——

abandoning argument

lifts

through the leaves

뒤틀린 듯 이상하게 얼룩져
희고 줄무늬 진 채
줄기에 묶인 채
쉬고 있네 ─

하지만 그 아래 반쯤
그대로 가려진 채
그것은 사유를 휴식에
두는 그 의무를 시작하지 ─

옅은 색조의 부리에 흔적이
여전히 머리를 들고
열정은
느슨해지고 ─

무르팍들과 잠으로
고요히 향하는
그 작은 열정들 ─
논쟁을 포기하며

이파리들 사이로
올라가네

day by day
and one day opens!

The petals!
the petals undone

loosen all five and
swing up

The flower
flows to release —

Fast within a ring
where the compact
agencies
of conception

lie mathematically
ranged
round the
hair-like sting —

하루 또 하루
그리고 어느 날 열리지!

그 꽃잎들!
끌러진 꽃잎들이

모두 다섯 느슨해져
위로 올라가고

그 꽃은
흐르고 흘러 놓여나네 ──

고리 안에서 빠르게
조밀하게 수정을
가능하게
하는 것들이

수학적으로
쌓여 있네
머리카락 같은
그 가시 둘레로 ──

From such a pit
the color flows
over
a purple rim

upward to
the light! the light!
all around —
Five petals

as one
to flare, inverted
a full flower
each petal tortured

eccentrically
the while, warped edge
jostling
half-turned edge

side by side
until compact, tense

그만한 구멍에서
그 색채가 흐르네
보랏빛 테두리
너머로

위로
그 빛을 향하여! 그 빛!
사방에 ──
꽃잎 다섯

하나처럼
타오르고, 뒤집힌
한 송이 난만한 꽃
꽃잎 각각이

기이하게 시달려
그 사이, 비뚤어진 가장자리가
반쯤 돌아간 끄트머리를
밀치고

나란히
마침내 조밀하고 팽팽한

evenly stained

to the last fine edge

an ecstasy

from the empurpled ring

climbs up (though

firm there still)

each petal

by excess of tensions

in its own flesh

all rose —

rose red

standing until it

bends backward

upon the rest, above,

answering

ecstasy with excess

all together

acrobatically

맨 끝 가느다란 가장자리까지
고르게 물든

하나의 환희
자줏빛 물들인 고리에서
위로 오르고 (비록
거기선 여전히 완강하지만)

꽃잎은 제각각
그 자체의 살결에서
긴장이 넘쳐서
모두 장미 —

서 있는
붉은 장미 마침내
뒤에 기대어
수그리고, 위에선,

환희를 초과로
답하며
모두 함께
곡예하듯이

not as if bound

(though still bound)

but upright

as if they hung

from above

to the streams

with which

they are veined and glow ——

the frail fruit

by its frailty supreme

opening in the tense moment

to no bean

no completion

no root

no leaf and no stem

but color only and a form ——

It is passion

earlier and later than thought

묶여 있지 않는 듯
(여전히 묶여 있긴 해도)
하지만 꼿꼿이
마치 매달린 듯

위에서
줄기로
줄기와 함께
잎맥이 흐르며 빛나고 ―
연약함으로 최고인
그 연약한 과실이

그 긴장된 순간에 열리네
콩도 아니고
완성도 아니고
뿌리도 아닌
이파리도, 줄기도 아니고
다만 색채와 형태뿐 ―

그것은 열정
사유보다 더 이르고 더 늦은

that rises above thought
at instant peril — peril
itself a flower
that lifts and draws it on —

Frailer than level thought
more convolute
rose red
highest
the soonest to wither
blacken
and fall upon itself
formless —

And the flowers
grow older and begin
to change, larger now
less tense, when at the full
relaxing, widening
the petals falling down
the color paling
through violaceous to

순간의 위험에
사유 위로 솟아나는 ── 위험
그 자체가 하나의 꽃
상승하여 끌어당기는 ──

평평한 사유보다 더 연약한
더 돌돌 말린
붉은 장미
가장 높고
가장 빨리 시드는
검어지다
그 위에 떨어지는
형체 없이 ──

그리고 꽃들은
늙어 가고 변화하기
시작하지, 이제는 더 커져서
덜 긴장되고, 마침내 만개하여
느긋해지고 넓어지고
꽃잎들은 떨어지고
색은 바래고
제비꽃 색깔에서

tinted white —

The structure of the petal
that was all red
beginning now to show
from a deep central vein
other finely scratched veins
dwindling to that edge
through which the light
more and more shows
fading through gradations
immeasurable to the eye —

The day rises and swifter
briefer
more frailly relaxed
than thought that still
holds good — the color
draws back while still
the flower grows
the rose of it nearly all lost
a darkness of dawning purple

옅은 흰색으로 —

모두 빨강이었던
그 꽃잎의 구조는
이제 깊은 중심 잎맥에서
나오기 시작하고
미세하게 긁힌 다른 잎맥들은
끄트머리로 줄어들고
그 사이로 빛이
점점 더 보이다가
눈으로 분간 안 되게
서서히 희미해지고 —

하루가 올라가고 여전히
유효한 사유보다
더 빨리
더 짧게 더 연약한
느긋함으로 — 그 색은
물러나지만 여전히
그 꽃은 자라고
새벽 보랏빛 어둠을
거의 상실한 그 장미는

paints a deeper afternoon —

The day passes
in a horizon of colors
all meeting
less severe in loveliness
the petals fallen now well back
till flower touches flower
all round
at the petal tips
merging into one flower —

더 깊은 오후를 채색하네 ──

색채의 지평선에서
하루가 가네
모두 만나지
가벼워진 사랑스러움으로
떨어진 꽃잎들 이제 물러나
마침내 꽃이 꽃에 닿아
모두 둥글게
꽃잎 끄트머리에서
하나의 꽃으로 합쳐지네 ──

8부

시 전집(1906~1938, 1938년 출간)

Classic Scene

A power-house
in the shape of
a red brick chair
90 feet high

on the seat of which
sit the figures
of two metal
stacks — aluminum —

commanding an area
of squalid shacks
side by side —
from one of which

buff smoke
streams while under
a grey sky
the other remains

passive today —

고전적인 장면

붉은 벽돌 의자
모양으로
90피트(27미터) 높이
발전소

그 자리 위에
앉아 있는 형상들
금속 무더기
둘 — 알루미늄 —

나란히 들어선
지저분한 판잣집들
지역을 호령한다 —
한 판잣집에서

누런 연기가
피어나고 회색 하늘
아래
다른 집들은 그저

오늘도 소극적이다 —

Autumn

A stand of people
by an open

grave underneath
the heavy leaves

celebrates
the cut and fill

for the new road
where

an old man
on his knees

reaps a basket-
ful of

matted grasses for
his goats

가을

한 무리의 사람들이
열어젖힌

무덤 옆에서 아래엔
두툼한 이파리들

축하하고 있어
새로운 길 내기 위해

자르고 메꾸는 일
거기선

한 늙은 남자가
무릎 위에

거두네 한 바구-
니 가득

덥수룩 풀들을
자기 염소들 주려고

The Term

A rumpled sheet
of brown paper
about the length

and apparent bulk
of a man was
rolling with the

wind slowly over
and over in
the street as

a car drove down
upon it and
crushed it to

the ground. Unlike
a man it rose
again rolling

with the wind over
and over to be as

기한

한 남자의
키 정도 될까 부피도
그 정도 가늠되는

갈색 종이
구겨진 시트가
바람과 함께

구르고 있었다
천천히 거듭
거듭 거리에서

차가 한 대
달려와서
그걸 땅에

뭉개 버렸다. 남자와 달리
그것은 일어나
다시 또 구르고

바람과 함께 거듭
거듭 이전에

it was before.

그랬던 것이 되어.

The Sun

lifts heavily
and cloud and sea
weigh upon the
unwaiting air —

Hasteless
the silence is
divided
by small waves

that wash away
night whose wave
is without
sound and gone —

Old categories
slacken
memoryless —
weed and shells where

in the night
a high tide left

태양

은 무겁게 일어나
구름과 바다는
그 외면하는 대기
를 짓누르고 ―

서두르지 않는
그 침묵은
씻겨 나가는
작은 파도에

갈라지고
밤에 물결은
소리도 없이
잦아들고 ―

오래된 범주들
느슨해져
기억도 없고 ―
수초와 조개껍질은

밤에
높은 파고가

its mark
and block of half

burned wood washed
clean —
The slovenly bearded
rocks hiss —

Obscene refuse
charms
this modern shore —
Listen!

it is a sea-snail
singing —
Relax, relent —
the sun has climbed

the sand is
drying — Lie
by the broken boat —
the eel-grass

흔적을 남겼고
타다 만

나무토막
깨끗이 쓸려갔네 ——
너저분하게 수염 달린
바위들은 쉬익 쉭 ——

음란한 쓰레기는
이 현대적인 해안을
매혹하고 ——
잘 들어!

그건 노래하는
바다-고둥이야 ——
수굿수굿 느긋하네 ——
해가 올라와서

모래는
마르고 있고 —— 그 부서진
보트 옆에 누워 봐 ——
거머리말은

bends

and is released

again —— Go down, go

down past knowledge

shelly lace ——

among the rot

of children

screaming

their delight ——

logged

in the penetrable

nothingness

whose heavy body

opens

to their leaps

without a wound ——

구부러져
다시 풀어지고
— 내려가라, 내려
가라 계속 계속

조가비 박힌 끈 —
기쁨을 소리 높여
외치는
아이들

감탄사 사이로 —
스며들 수 있는
무(無)에
접속되어

아이들 뛰어들자
그 무거운 몸이
열린다
상처 하나 없이 —

A Bastard Peace

—— where a heavy
woven-wire fence
topped with jagged ends, encloses
a long cinder field by the river ——

A concrete disposal tank at
one end, small wooden
pit-covers scattered about —— above
sewer intakes, most probably ——

Down the center's a service path
graced on one side by
a dandelion in bloom —— and a white
butterfly ——

The sun parches still
the parched grass. Along
the fence, blocked from the water
leans the washed-out street ——

Three cracked houses ——
a willow, two chickens, a

개 같은 평화

— 그곳은 묵직하게
철사로 엮은 울타리가
끝부분 삐쭉삐쭉 튀어나와,
강가에 긴 석탄재 들판을 에워싸고 —

한쪽 끝엔 콘크리트 폐기
탱크가 있고, 구덩이 덮는 작은 나무
뚜껑들 여기저기 흩어져 있는 — 위에는
하수관 유입구들, 아마도 그럴 것 —

가운데 작업로 아래로
한쪽 길에는 민들레 활짝
수놓여 있고 — 그리고 하얀
나비 한 마리 —

태양은 바싹 마른 풀에
여전히 땡볕 쏘아 붙이고. 물가 접근 금지
막아 놓은 울타리를 따라
색 바랜 거리가 비스듬히 —

금이 간 세 채의 집 —
버드나무 한 그루, 닭 두 마리,

small boy, with a home-made push cart,

walking by, waving a whip —

Gid ap! No other traffic or

like to be.

There to rest, to improvise and

unbend! Through the fence

beyond the field and shining

water, 12 o'clock blows

but nobody goes

other than the kids from school —

작은 소년, 직접 만든 손수레,
걸어가는, 채찍 휘두르며 ──

이랴! 오가는 다른 것 그 비슷한
건 하나도 없어.
거기서 쉬고, 되는대로 하면서
긴장도 풀고!! 울타리 지나

들판 너머 햇살 반짝이는
물결 너머 12시가 울리고
하지만 학교에서 오는 아이들 외엔
아무도 없고 ──

The Poor

It's the anarchy of poverty
delights me, the old
yellow wooden house indented
among the new brick tenements

Or a cast-iron balcony
with panels showing oak branches
in full leaf. It fits
the dress of the children

reflecting every stage and
custom of necessity —
Chimneys, roofs, fences of
wood and metal in an unfenced

age and enclosing next to
nothing at all: the old man
in a sweater and soft black
hat who sweeps the sidewalk —

his own ten feet of it
in a wind that fitfully

가난한 사람

나를 기쁘게 하는 건 바로
가난의 난장판, 벽돌로 새로 지은
공동주택들 사이에 쑥 들어간
그 늙은 노란 나무집

혹은 완전히 자란 떡갈나무 가지를
보여 주는 판넬이 있는
무쇠 발코니. 그건
아이들 드레스와 잘 맞아

필수적인 매 단계
풍습을 잘 반영하는 —
굴뚝들, 지붕들, 나무와
금속 울타리들, 울타리 없던

시절, 거의 아무것도 에워싸지
못하고 있는: 스웨터 차림에
부드러운 검은 모자 쓴 그
늙은 남자가 인도를 쓸고 간다 —

그 남자 구석을 돌며
갑자기 불어 온 돌풍 속

turning his corner has

overwhelmed the entire city

그 남자 3미터가
도시 전체를 압도했다.

The Defective Record

Cut the bank for the fill.
Dump sand
pumped out of the river
into the old swale

killing whatever was
there before —— including
even the muskrats. Who did it?
There's the guy.

Him in the blue shirt and
turquoise skullcap.
Level it down
for him to build a house

on to build a
house on to build a house on
to build a house
on to build a house on to . . .

흠 있는 기록

그 방죽을 잘라 메꾸어라.
축축한 모래
강에서 퍼서
오래된 습지대로

죽이는 건 뭐든
전에 거기에 있었다 ─ 사향쥐
까지 포함해서. 누가 그랬지?
저 사람이야.

파란 셔츠 입고
청록색 베레모 쓴 그.
반반하게 해야 한다
그가 집을 짓도록

집 한 채 그 위에 짓도록
집 한 채 지어 올리도록 그
위에 집 한 채 지어 올리
도록 그 위에 집 한 채 지어 올리……

These

are the desolate, dark weeks
when nature in its barrenness
equals the stupidity of man.

The year plunges into night
and the heart plunges
lower than night

to an empty, windswept place
without sun, stars or moon
but a peculiar light as of thought

that spins a dark fire —
whirling upon itself until,
in the cold, it kindles

to make a man aware of nothing
that he knows, not loneliness
itself — Not a ghost but

would be embraced — emptiness,
despair — (They

이들

은 황량하고 캄캄한 몇 주
자연이 그 척박함에 있어
인간의 멍청함과 맞먹을 시간,

그 한 해가 밤으로 낙하하고
심장은 밤보다 더 낮게
낙하하고

바람이 휩쓸고 간 텅 빈 장소로
해도, 별들도, 달도 없고
다만 어두운 불을 선회하는

생각처럼 특이한 빛뿐인 —
빙그르르 도는
추위 속에 그것이 불타올라

사람이 그가 안다는 것 말고
아무것도 알지 못하게 하네
외로움 자체가 아니라 — 유령이 아니라

껴안길 것 — 공허,
절망 — (그들은

whine and whistle) among

the flashes and booms of war;
houses of whose rooms
the cold is greater than can be thought,

the people gone that we loved,
the beds lying empty, the couches
damp, the chairs unused ——

Hide it away somewhere
out of the mind, let it get roots
and grow, unrelated to jealous

ears and eyes —— for itself.
In this mine they come to dig —— all.
is this the counterfoil to sweetest

music? The source of poetry that
seeing the clock stopped, says,
The clock has stopped

칭얼칭얼 씩씩거린다)

전쟁의 섬광과 호황 속에서;
그 집의 방들에는 생각할 수 있는 것보다
더 대단한 추위가 머무네,

우리가 사랑했던 떠나간 사람들,
텅 비어 누워 있는 침대들, 축축한
소파들, 안 쓰는 의자들 ─

마음에서 나와 어딘가로
그걸 감추어라, 그것이 뿌리를 가지고
자라게 하라, 샘 많은

귀와 눈에는 상관없이 ─ 혼자 힘으로.
이 갱도에 그들은 캐려고 온다 ─ 모든 걸.
가장 달콤한 음악에 이것은 남은 부본

인가? 시의 원천은 멈춰진
시계를 바라보는 것, 이라 말하고,
시계가 멈추었다

that ticked yesterday so well?
and hears the sound of lakewater
splashing — that is now stone.

어제는 그렇게나 잘 똑딱거렸는데?
그리고 찰싹거리는 호수의 물소리를
듣는 것 — 그것이 지금은 돌이다.

Morning

on the hill is cool! Even the dead
grass stems that start with the wind along
the crude board fence are less than harsh.

—— a broken fringe of wooden and brick fronts
above the city, fading out,
beyond the watertank on stilts,
an isolated house or two here and there,
into the bare fields.

                              The sky is immensely
wide! No one about. The houses badly
numbered.

                   Sun benches at the curb bespeak
another season, truncated poplars
that having served for shade
served also later for the fire. Rough
cobbles and abandoned car rails interrupted
by precipitous cross streets.

            Down-hill

아침

언덕 위는 너무 시원해! 심지어 그
조잡한 판자 울타리 따라 부는 바람과 함께
시작하는 죽은 풀줄기조차도 별로 거슬리지 않고

— 그 도시에, 나무와 벽돌 현관
깨진 가장자리, 점점 희미해지고
기둥들 위 물탱크 너머로
여기저기 외딴 집 한 채 두 채,
그 헐벗은 들판으로.

                      하늘은 끝도 없이
넓네! 아무도 없어. 집들도
거의 보이지 않고.

          연석에 일광용 벤치들은
또 다른 계절을 말해 주고, 그늘을
드리우던 포플러들 가지치기해서
나중에는 땔감으로 쓰이지. 거친
돌들과 버려진 철로가 가파른
교차로에서 가로막히고.

          언덕 아래로는

in the small, separate gardens (Keep out
you) bare fruit trees and among tangled
cords of unpruned grapevines low houses
showered by unobstructed light.

                                        Pulley lines

to poles, on one a blue
and white tablecloth bellying easily.
Feather beds from windows and swathed in
old linoleum and burlap, fig trees. Barrels
over shrubs.

                                        Level of

the hill, two old men walking and talking
come on together.

                        —— Firewood, all lengths
and qualities stacked behind patched
out-houses. Uses for ashes.
And a church spire sketched on the sky,
of sheet-metal and open beams, to resemble
a church spire ——

작은 정원들 제각각 (출입을
금합니다) 헐벗은 과일나무들과 막 자란
포도 덩굴 이리저리 꼬인 넝쿨 사이로
나지막한 집들이 거침없는 빛의 세례 속에 있네.

전신주의

도르래 선들, 하나의 선 위에는
금방 불룩해지는 파랗고 흰 테이블보가.
창문에선 솜털 침대들, 낡은 리놀륨과
마대로 덮여 있는, 무화과나무들. 관목 너머엔
나무통들.

언덕 위

평지엔 늙은 남자 둘이
같이 이야기 나누며 걷고 있네.

─ 온갖 길이

온갖 종류의 장작이 누덕누덕 지은
별채 뒤에 쌓여 있고. 태워서 재를 만들 용도로.
또 하늘에 그려져 있는 교회 첨탑들,
철판에다 개방된 기둥들, 교회 첨탑을
본뜬 ─

                                        —— These Wops are wise

                                                —— and walk about

absorbed among stray dogs and sparrows,
pigeons wheeling overhead, their
feces falling ——

                        or shawled and jug in hand
beside a concrete wall down which,
from a loose water-pipe, a stain descends,
the wall descending also, holding up
a garden —— On its side the pattern of
the boards that made the forms is still
discernible. —— to the oil-streaked
highway ——

                        Whence, turn and look where,
at the crest, the shoulders of a man
are disappearing gradually below the worn
fox-fur of tattered grasses ——

　　　　　　— 이 이태리 인간들 똑똑하네

　　　　　　　— 그리고 산책을 하네

길 잃은 개들과 참새들 사이에서 생각에 잠겨,
머리 위에서 휘휘 도는 비둘기들,
비둘기 똥 떨어지고 —

　　　　　아니면 숄을 두르고 항아리를 들고
콘크리트 벽 옆에서 그 아래로는
헐거운 수도 파이프, 얼룩이 내려가고,
벽도 같이 내려가, 정원을
떠받치고 — 가장자리엔 정원의 형태를
만들었던 판자들 패턴 여전히
알아볼 수 있네. — 기름 자국 길게 남은
고속도로까지 —

　　　　거기서, 몸을 돌려 보면,
능선에서, 남자의 어깨가
낡은 여우 털 같은 너덜너덜한 풀 아래로
점점 사라져 가고 —

And round again, the

two old men in caps crossing at

a gutter now, *Pago, Pago!* still absorbed.

—— a young man's face staring

from a dirty window —— Women's Hats —— and

at the door a cat, which one fore-foot on

the top step, looks back ——

Scatubitch!

Sacks of flour

piled inside the bakery window, their

paley trade-marks flattened to

the glass ——

And with a stick,

scratching within the littered field ——

old plaster, bits of brick —— to find what

coming? In God's name! Washed out, worn

out, scavengered and rescavengered ——

그리고 다시 돌아보면,
모자 쓴 두 늙은 남자가 이제는 배수로를
건너고 있네, 파고, 파고! [24]여전히 생각에 잠겨.

— 지저분한 창문에서 젊은 남자 얼굴이
빤히 쳐다보네 — 여자들 모자를 — 그리고
문에는 고양이 한 마리 계단 맨 위에서
앞발을 들고, 뒤를 돌아보네 —

스케투비치(그만 꺼져 요년아)! [25]

밀가루 포대들
빵집 창문 안쪽에 쌓여 있고, 포대의
페일리 트레이드 마크가 유리에
납작 눌려 있네 —

또 지팡이로
쓰레기장 속에서 헤집어 가면서 —
낡은 회반죽, 벽돌 조각들 — 뭐가 오는지
보려고? 하느님께 맹세코! 색 바랜,
닳고 닳은, 쓰레기 더미 뒤져 또 뒤지면서 —

Spirit of place rise from these ashes
repeating secretly an obscure refrain:

This is my house and here I live.
Here I was born and this is my office ——

—— passionately leans examining, stirring
with the stick, a child following.
Roots, salads? Medicinal, stomachic?
Of what sort? Abortifacient? To be dug,
split, submitted to the sun, brewed
cooled in a teacup and applied?

                                                        Kid Hot

Jock, in red paint, smeared along
the fence. —— and still remains, of ——
if and if, as the sun rises, rolls and
comes again.

          But every day, every day
she goes and kneels ——

장소의 영(靈)은 이러한 재들에서 생기지
모호한 후렴구를 비밀스레 되풀이하면서:

이게 내 집이고 나는 여기 살아.
여기서 내가 태어났고 여기가 내 사무실이지 ―

― 열렬히 몸을 숙여 살피네, 막대기로
휘저으면서, 아이 하나가 따라오고.
뿌리들, 샐러드? 약효가 있나? 위에 좋나?
어떤 종류지? 낙태용인가? 파내어서,
쪼개고, 햇볕에 말려서, 우려내어
찻잔에 식혀서 먹는 건가?

키드 핫

작[26], 붉은 페인트로, 그 판자 울타리 따라
얼룩져 있고. ― 또 여전히 남은 것들, ―
만약, 만약, 해가 뜨면, ― 구르고
다시 오고.

하지만 매일, 매일
그녀는 가서 무릎을 꿇네 ―

                                    died of tuberculosis

when he came back from the war, nobody

else in our family ever had it except a

baby once after that —

                                                    alone on the cold

floor beside the candled altar, stifled

weeping — and moans for his lost

departed soul the tears falling

and wiped away, turbid with her grime.

Covered, swaddled, pinched and saved

shrivelled, broken — to be rewetted and

used again.

전쟁 나갔다
돌아와 폐결핵으로 죽은 그, 우리 가족 중
그 이후 누구도 결핵은 없었는데, 딱 하나
아기 빼고는요 —

차가운 바닥

홀로 촛불 켜진 제단 옆에서, 숨 넘어갈 듯
울면서 — 그리고 잃어버린 그
망자의 혼을 위해 흐느끼며, 눈물 떨구고
땟국물로 흐려진 눈물 닦아 지우네.

그 눈물 덮어, 꼭 여미고, 꼬집어 저장하여
쪼글쪼글, 터지면 — 다시 젖어서
또 쓰려고.

주(註)

1) 뉴저지의 작은 도시.

2) 뉴저지 북부를 흐르는 강.

3) 그리스 신화에 나오는 저승(지옥)의 여신으로 제우스와 데메테르의 딸이다. 저승의 신 하데스에 납치되어 명계로 끌려가 1년의 절반을 거기서 살아야 했다. 소녀 시절 이름은 코레. 봄과 씨앗의 여신이기도 하다.

4) 미국의 성공한 기업인이자 금융인 J.P.Morgan(1837-1913)을 말한다. 이 시에서 "강철 바위들"이나 "플라이휠" 등은 금융회사 외에 철도회사, 철강회사를 소유한 모건의 이력에 기대어 자본의 위력과 세속적 성공을 일컫는다. 모건이 누린 부유함은 이 시의 주된 이미지로 드러나는 실내를 비추는 햇살과 같은 소박한 아름다움과는 거리가 멀었다. 그의 세속적인 부가 여러 화가의 작품을 향유하게 해주었지만 오히려 그처럼 파격적인 삶의 방식은 일상에서 마주하는 물상의 아름다움을 보지 못하게 한다.

5) 파올로 베로네세(Paolo Caliari Veronese)는 르네상스 시대 이탈리아의 화가이며 페테르 루벤스(Peter Paul Rubens)는 17세기 바로크를 대표하는 벨기에 화가이다. 모두 J.P. 모건이 부와 함께 향유한 미술품을 그린 화가들이다. 고르디아스의 매듭은 알렉산드로스 대왕이 칼로 잘랐다는 전설의 매듭으로 대담한 방법으로 단순하게 돌파함으로써만 풀 수 있는 문제를 뜻하는데, 여기서는 자본의 작동 방식을 말한다.

6) 여기서 g는 두 번째 연의 '노래'(song)로 가득 찬 햇살 이미지에서 g를 빼고 만든 '아들'(son)과도 연결된다. 돈이 많았던 모건이지만 예술적 아들이 없는 아버지라는 의미로 자본의 속성을 비스듬히 비판한다.

7) 티티카카호는 페루와 볼리비아 사이에 있는 세계에서 가장 높은 호수다.

8) 이 시는 껍질이 화려하고 딱딱하지만 살아 있어서 자라고 팽창하는 산호에 당대 미국의 상황을 빗대어 그린 것이다.

9) 워싱턴 D.C.의 의사당 건물은 미국을 의미한다.

10) Commerce Minerva는 Minerva Area Chamber of Commerce, 즉 오하이오주 미네르바의 상공회의소를 말한다.

11) 토머스 제퍼슨(Thomas Jefferson)은 미국의 3번째 대통령이자 미 독립 선언서의 기초자이다.

12) 존 행콕(John Hancock)은 미 독립 전쟁의 지도자이자 정치가로 미국 독립선언서에 최초로 서명한 사람이다.

13) 미 독립전쟁 시기 사우스캐롤라이나의 레베카 모트(Mrs. Rebecca Motte)를 의미한다. 그녀의 집이 영국군의 군수 물자 공급에 중요한 역할을 했기에 Fort Motte로 불렸다 한다.

14) 미 독립전쟁 중 '늪 속의 여우'라고 불린 프랜시스 매리언 장군. 영화 「패트리어트」도 매리언 장군을 모델로 하여 만들어졌다. 독립군의 매리언 장군과 소장 리(Lee)가 전략상 그 집을 불태워야겠다고 결심하고 인디언을 보내어 지붕에 불을 붙이자고 요청하자 모트 부인은 기꺼이 수긍했다고 한다. 결과적으로 집을 태우지 않고 영국군의 항복을 받아낸 후에 모트 부인은 영국군과 독립군 양쪽을 집에 초대했다. 특유의 온화한 환대로 사람들을 구한 모트 부인이 그들을 초대해 앉힌 이야기는 미 독립전쟁사에 두고두고 회자된다.

15) 포카혼타사의 세례는 1840년 채프먼(John Chapman)이 그린 그림인데, 이후 여러 다른 양식으로 재현되었다. 미국 식민지 시기 동부 인디언 부족장의 딸이었다. 영국-인디언 분쟁 시 영국인에게 포로로 잡혀 세례를 받고 기독교로 개종, 1614년에 버지니아 식민지의 영국인 개척자 존 롤프(John Rolfe)와 결혼한다. 런던으로 건너가 문명화된 미개인의 대표적인 인물로 잉글랜드 사교계에 소개되었는데, 당시 제임스타운 정착촌에 대한 투자를 늘리기 위한 전략적인 홍보였다. 안타깝게도 귀국길에 사망한 포카혼타스는 이후 낭만적인 상상력이 덧입혀져 미국문화의 대표적인 아이콘으로 자리 잡는다. 윌리엄스는 이 시에서 미국이 한 국가로 만들어지는 과정에서 뿌리가 되었던 이들을 호출하는데, 포카혼타스를 둘러싼 아메리카 인디언의 자리를 그 문화적인 소비의 양상과 더불어 언급하는 것은 다문화 사회 미국에 대한 윌리엄스의 각별한 관심을 반영한다.

16) 아이다호 주에 위치한 슈프는 인구가 25명으로 지역의 행정구역에 통합되지 않고 광역지자체에만 속한 직할구역(unincorporated community)이다. 연어가 노니는 협곡이 있는 매우 외진 곳이다.

17) 바넘, 헨더슨, 프랜시스 모두 미국 혁명기의 인물들이다. 특히 프랜시스 윌러드(Frances Willard)는 미국의 교육자이자 여성 참정권을 주장한 개혁자이다. 『어떻게 이길까: 소녀들을 위한 책(How to Win: A Book for Girls)』을 쓰기도 했는데, 당시 여성들을 인위적인 코르셋에 가둔 패션

경향에 대해 "터무니없다"(absurd)고 하면서 "아, 패션의 세계는 얼마나 멍청한지!"(Dear me, how stupid the fashionable world!)라며 개탄했다.

18) 윌리엄스는 미국을 발견했다고 하나 실은 약탈의 첫 발걸음을 시작한 콜럼버스를 등장시켜 미국이 어떤 토대 위에 세워졌는지를 문제적으로 제시한다.

19) 1875년 워싱턴 D. C. 미국 하원에서 연설한 인디애나주 출신의 미국 하원 의장.

20) 1패덤은 6피트 혹은 1.8미터에 해당한다. 물의 깊이를 나타낼 때는 피트 대신 패덤 단위로 말한다.

21) 울워스 빌딩은 뉴욕에서 오래되고 가장 유명한 초고층 빌딩 중 하나로 1913년에 완공되었다. 57층 높이 241.4미터인 이 빌딩은 1930년 월 스트리트 빌딩이 건설되기 전까지 세계에서 가장 높은 건물이었다.

22) 뉴욕의 체인형 소매점, 울워스 회사(Frank Winfield Woolworth 창립)는 가게의 모든 물건을 10센트에 팔면서 'five and ten'의 기치를 내걸었다.

23) 그리스 신화에 나오는 아틀라스의 일곱 딸 알키오네, 켈라이노, 엘렉트라, 마이아, 메로페, 스테로페, 타이게테는 오리온에게 쫓겨 하늘에 올라 칠요성이 되었다고 한다. 황소자리의 어깨 부분에 보이는데, 지구에서 거리는 약 410광년이고 나이는 약 7,000만 년. 수백 개의 별이 무리를 이루고 있는데, 이 가운데 6, 7개가 눈으로 볼 수 있는 묘성(昴星)이다.

24) 스페인어로 "갚았어, 갚았어!"라는 뜻이다.

25) 이 구절은 윌리엄스가 "Scat, you bitch!"를 그 지역어에서 소리 나는 그대로 구사한 것이다. 독자의 이해와 실감을 돕기 위해 소리와 의미를 나란히 적었다.

26) '멋진 남자아이'나 '잘 나가는 운동선수'를 뜻하는 말인데, 담벼락에 그래피티로 그려 넣은 것을 시인이 관찰하여 그대로 갖다 붙인 것이다.

춤추듯 자유로운 언어

찰스 톰린슨(Charles Tomlinson)

맨 처음 윌리엄스 시의 핵심 요소들을 포착한 사람은 포기를 모르는 재능 발견자, 에즈라 파운드(Ezra Pound)였다. 1993년, 파운드는 여전히 자신 없어 하는 윌리엄스의 두 번째 시집 『기질들(The Tempers)』을 소개하며 천 갈래 물길에 대한 윌리엄스의 직유를 인용했다.

      ······ 붐빈다
    시장에 나온 농부들처럼
    깨끗한 피부, 호젓이 살아 제멋대로인.

파운드는 여기서 이 시인의 전작을 관통하는 시적 시도의 특징을 본능적으로 골라낸다. 물줄기로 상상되는 시적 에너지. 이는 윌리엄 워즈워스식의 "강렬한 감정의 자연스러운 넘침"이 아니라, 붐비는 느낌, 밀어붙이면서 지상에 딱 붙은 선로에 의해 통제되는 투박한 것이되 목표하는 바는 찬미이며 지역성의 흔적을 지니고 있는 것이다. 훗날 윌리엄스는 "유일하게 보편적인 것은 지역적인 것이다. 미개한 자들, 예술가들, (그보다 적게나마) 농부들이 알고 있듯이"라고 말했다.

윌리엄스의 초기작들 중 가장 흥미로운 작품인 『원하는 이에게(Al Que Quiere!)』는 1917년에 등장했는데, 당시는 엘리엇(T. S. Eliot)의 『프루프록과 그 밖의 관찰들(Prufrock and Other Observations)』이 발간된 해이기도 했다. 파운드는 그 자리에서 두 권의 시집이 당도함에 경의를 표하며 둘을 다음과 같이 구분했다.

엘리엇의 정연한 표현들과 뚜렷하게 구분되는 것은
…… 칼로스 윌리엄스의 시들이다. 무어와 로이의
복잡함이 따라잡기 힘들다면, 윌리엄스의 다양한
갈래들과 돌연한 면모에 대해서는 뭐라 말할 수 있을지
모르겠다. 휙 돌아서고 비틀고 부루퉁하고 멈칫하고 불쑥
튀어나오고 건너뛰는 것들을 내가 다 알아듣는다고는
못하겠다. 다만 이 모든 거친 면 가운데, 그의 책『원하는
이에게』에는 단 한 행도, 무의미한 부분이 없다는 확신이
있다…….

파운드가 윌리엄스에 대해 "거칠다"고 말한 것은 아무래도
과장일 수 있지만 "비틀고 멈칫하고 불쑥 튀어나오고 건너뛰는"
면에 대한 지적은 윌리엄스 시에 대한 가장 이르고 또 정확한
표현이었다. 윌리엄스 시의 지리적인 원천으로서의 "지역성"
뿐만 아니라(파운드와 엘리엇이 유럽의 국외자가 되기를
선택했을 때 그는 뉴저지에 남아있었다.) 그 페이지의 지금
여기에 걸맞도록 비틀고 분출시킨 발화로 보이는 "지역성"이 그의
행 배열의 원천이기 때문이다. 윌리엄스 시의 상상극 속에서
관심은 종종 바깥의 사물들을 향해있고 그 관심을 구현하는
시의 소리 구조는 통제와 호흡의 멈춤, 신체적 수축과 이완의
표현이다. 그러므로 윌리엄스의 "지역성"은 신체적인 각성,
시공간에서의 생리학적 존재로부터 시작하고 이는 초기 시에서
분명하다. 40대 중반에 윌리엄스가 장시 『패터슨(Paterson)』을
쓰기 시작할 때, 그것은 주어진 지역에서 최선으로 뻗어
나갈 수 있었던 만큼 걷는 행위를 기억하는 일이었다. 동명사
"걷기"는 그 자체로 반복적인 모티브로 쓰이며, 어느 지점에서는
『미국의사협회저널(Journal of the American Medical Association)』에 실린
논문 「동적 자세(Dynamic Posture)」에 쓰인 묘사와는 대조된다.

"신체는 기본적인 직립 자세보다 약간 앞으로 기울어있어 발바닥 앞쪽에 무게가 실려 있고 한 허벅지가 들려있는 동안 다리와 반대쪽 팔이 앞쪽으로 들려있다 (fig. 6B) ……." 논문 뒤쪽에 실린 이 문장은 분명 (『윌리엄 칼로스 윌리엄스, 미국적 배경(William Carlos Williams, The American Background)』을 쓴 위버(M. Weaver)의 말을 인용해보자면) 훗날 시인과 '보행자'(walker)를 정의하려는 윌리엄스의 관심을 끌었을 것이다. "좋은 보행자는 속도 유지하기, 멈추기, 시작하기, 방향 전환, 오르고 내리기, 비틀기와 굽히기가 균형감이나 리듬의 상실 없이 쉽고 빠르게 가능해야만 한다……." 윌리엄스의 시는 이러한 움직임들로부터 유사점을 찾는다.

윌리엄스에게서 주체와 객체 사이의 관계는 물리적인 요소의 연속적 이미지로 드러난다. 『원하는 이에게』에 실린 시 「봄 물결(Spring Strains)」에선 재빠르게 날아오르는 두 마리 새가 저항받고 있는 바깥 풍경에 대한 자기 자신의 머뭇거림과 저항을 다음과 같이 표현한다.

> 그 눈부신 붉은 테두리 퍼지는 태양이 ―
> 느릿한 활기, 집중된
> 저항력으로 ― 하늘, 꽃봉오리들, 나무들을
> 한 번에 주름 잡듯 이어 붙여 버리네요!

그리고 결말부에서 새들은 제 속도와 가벼움이란 저항력을 이용해 그 고정된 풍경으로부터 달아난다.

> 위로 솟구치다 ― 갑자기 사라지네요!

시는 동사 같은 힘을 "위로 솟구치다"(flung outward and up)라는 전치사로 이어진 구에 전달한다. 그리고 윌리엄스가 으레 그러듯이 미완성과 비대칭을 향해 주절을 밀어버리는 불일치

수식어(dangling clause)로 시를 마친다.

　　열린 결말과 비대칭성에 대한 선호는 윌리엄스로 하여금 그의 주변 환경이 서로 겹쳐져 있고 상관하고 있다는 증거를 수용하는 데 거리낌이 없게 만든다.

> 　　삐죽삐죽 선이 안 맞는 지붕,
> 　　오래된 닭장 철조망과 재,
> 　　못쓰게 된 가구들이
> 　　잡다하게 들어찬 마당,
> 　　울타리, 통나무 널빤지와
> 　　박스 조각들로 지은
> 　　바깥 화장실 ……

　　단순히 가난한 사람들에 대한 개선을 소망하는 것이 아니라("나를 기쁘게 하는 건 바로/ 가난의 난장판"), 그가 감각하는 것은 이 난장판 상태에 참여하고 있는 상상력이 그 상태와 함께 춤을 출 수 있고 대답하는 형식으로 그 상태를 "들어올릴"(lift) 수 있되, 그 형식이란 매일 매일의 현실이 갖는 미종결성과 자의적인 면에 완전히 응답하는 유라는 지점이다. 시 「아침(Morning)」에서 엉망이 된 도시의 가장자리들은 그 "축소된 것들"(diminished things) 가운데서 일종의 영웅주의를 목격한다. 터무니없되 재치있게.

> 　　또 하늘에 그려져 있는 교회 첨탑들,
> 　　철판에다 개방된 기둥들, 교회 첨탑을
> 　　본뜬 ─

　　그가 시 「나무들(Trees)」에서 언급했듯 윌리엄스는 이 모든 것들 속에서, 자연스러운 사실들의 풍성함 속에서 "거친

가닥/ 어렴풋한 선율"이란 일종의 음악을 듣는다. 이 시에서
윌리엄스의 시선을 맨 처음 사로잡는 나무는 "구부러진",
"북풍의 혹독한 수평선을/ 배경으로 사선으로 구부러진"
나무들이다. 행 바꿈마다 있는 건너뛰기가 그 변형(straining)의
압박을 상연한다. 이 자연시에서 주체와 객체가 낭만적으로
합일하는 것은 가능하지 않다. 나무들의 목소리는 "부풀어
오르는 어둠의 최저음에/ 맞서서 기꺼이 섞이"지만, 최저음은
가장 낮게 남고, 굽은 나무는 "한쪽으로/ 열렬히" 스스로를
기울이며, 시는 윌리엄스가 "열망 속에서"라 첨언했듯이 앞으로
나아간다. 나무와도 같이, 시는 "거친 가닥의/ 선율"을 위해
"섞인" 음악으로부터 스스로 분리시킨 것이다. 이 대목에서
"구부러진"(bent)은 "섞인"(blent)에 대항하여 말놀이와 라임을
만들어낸다.

　　제 차례가 되어 파운드에게 경의를 표할 때 윌리엄스는 그와
파운드를 포함한 시인들의 몫을 "그날에 걸맞은 모든 점프와
재빠름과 색과 동작들을 구현할" 언어를 탐색하는 이들로
보았다. 그는 파운드의 『30편의 칸토스 초고(A Draft of XXX
Cantos)』에 실린 시들 속 콜라주 요소들을 높이 평가했는데,
그럼에도 고어체 요소들이나 자신이 친구에게서 불신했던
'상상의 박물관'(musée imaginaire)을 인정하지 않았다. 윌리엄스는
파운드와 엘리엇 모두 미국적 뿌리와의 '접촉'(contact, 이 단어의
의미가 그가 탐구하려던 것이다.)을 상실했다고 느꼈기 때문이다.
그들은 유럽으로 가면서 파운드 스스로 말했던 아메리칸
르네상스, 즉 "15세기에 그늘을 드리우리라"고 얘기했던 그
신념을 버렸다. 19세기 미국에서 "유럽으로 돌아가기"가 점점
더 매력을 끌던 미국의 정신적 경향에서 그 신념은 이미 낡은
얘기였다. 첫 소설 『파가니 가는 길(A Voyage to Pagany)』에서 강한
동력을 느낀 윌리엄스는 작품 속에서 제 생의 마지막을 반추한다.

헨리 제임스의 소설은 미국의 상속 여성을 통해 유럽을 추구한다는 특징이 있다. 제임스 자신은 복잡한 이유로 …… 빅토리아시대 영국에 대한 확신을 좇아 유럽으로 달아났다. 이해할 수 있는 일이었고 심지어 존경스럽기도 했다. 그는 문자와 위대한 예술가들의 공화국에서 저명한 시민이 되었다. 하지만 그는 또 다른 세계를 남겨 두고 떠났다. 그는 그 세계를 버렸다.

윌리엄스의 시와 소설은 동시대 가장 강력했던 문인들이 저버린 미국을 탐색한다. 미국적 목가성과 도시의 비참함을 날것으로 결합하는 방식으로 그린다. 『패터슨』에서 자신의 고투를 윌리엄스는 "맨손으로 그리스어와 라틴어에 응답하는" 세계를 만들어내기 위한 것이라 묘사한다. 물론 과장이 있긴 하지만, 윌리엄스는 "접촉"과 "지역성"에 대한 강조가 유럽적이긴 해도 의식을 완성하기 위해서는 필요함을 잘 알고 있었다. 그 의식이란 후안 그리스(Juan Gris)의 회화작품을 재구성해내면서 그가 즉시 인지했던 종류의 것으로 입체파적인 영리함을 수반하고, 그것으로 그는 거의 형태가 부서진 세계를 세심하게 다룰 수 있었다. "접촉"(contact)은 원래 휘트먼의 언어였다. 휘트먼은 「나 자신의 노래(Song of Myself)」에서 "나는 나 자신과 접촉하기를 간절히 바란다"(I am mad for it to be in contact with me)고 말한 바 있다. 윌리엄스 또한 그렇다. 둘의 차이는 그가 한 시에서 말한 바 있던 '단련 촉각'(tactus eruditus), 그중에서도 '단련'에 놓여있다. 케네스 버크(Kenneth Burke)는 "윌리엄스에게 사실은 단어를 잘 간추려 선택하여 타당성을 찾는 것"이라고 말한다. 휘트먼은 위대한 시인이지만 절대 간추려 정돈하지 않았다. 정돈이란 윌리엄스가 후안 그리스의 "존경할 만한 소박함과 뛰어난 구성" 속에서 인식하고 갈채를 보낼 수 있는 어떤 것이었다.

윌리엄스가 『봄 그리고 모든 것(Spring and All)』(1923)의 산문 부분에서 휘트먼에 대해 말할 때, 그는 휘트먼을 두 명의 위대한 유럽인, 후안 그리스와 세잔과 같은 집단으로 분류했다. 그때 윌리엄스는 "휘트먼의 제안들은 삶을 창의적으로 이해하는 쪽을 향한 현대의 동향과 동일한 종류"라고 단언했다. 이 지점에서 윌리엄스에게 상상력이란 입체파적인 리얼리티의 재구조로 정의된다. 파운드와 엘리엇이 활용했던 장치들, 즉 생략, 이질적인 부분들의 대립, 동사들의 콜라주를 활용한 현대시들은 직접적인 비유를 제공했던 것이다. 『봄 그리고 모든 것』에서 그리스, 세잔, 휘트먼으로부터 셰익스피어로 급속하게 전환한 뒤, 윌리엄스는 셰익스피어에 대해 이렇게 말한다. "그는 자연에 대고 거울을 비추는 것이 아니라 자신의 상상력을 그가 구성한 자연에 필적하도록 비춘다." 셰익스피어 또한 입체파적 순간에 속할 수 있었다. 이것은 "맨손으로 그리스어와 라틴어에 응답하는" 것과는 상당한 거리가 있는 것처럼 보이기도 한다.

렉스로스(Kenneth Rexroth)는 훌륭하나 거의 알려지지 않은 에세이 「프랑스 시가 미국에 미친 영향(The Influence of French Poetry on American)」(필자가 편집한 펭귄출판사의 비평선집인 『윌리엄 카를로스 윌리엄스(William Carlos Williams)』에 재판되어 나온 글이다.)에서 뛰어난 통찰력으로 윌리엄스의 입체파적인 헌신과 표현들, 이것들이 지역성에 대한 윌리엄스의 강조와 맺는 상관관계, 그리고 "장소"와 "접촉"에 대해 언급한다.

> 윌리엄스는 이미지즘, 객관주의, 수사법이나 자유연상 대신 구체적인 리얼리티의 요소들을 분리해 내고 재조정하는 방식으로 입체파적 전통에 속해 있다고 말할 수 있다. 하지만 미덕(vertu), 악덕, 예술의 대상들이 거래되는 국제적인 시장으로서의 파리 시인들, 르베르디(Reverdy), 아폴리네르(Apollinaire), 살몬(Salmon),

상드라르(Cendrars), 콕토(Cocteau), 자코브(Jacob) 등이 모두 도시인으로, 심지어 거대 도시인들로 존재하는 동안 윌리엄스는 그의 눈앞에 있는 삶의 단일한 엄격함 속에 스스로를 가두었다. 뉴욕에서 20마일 떨어진 작은 마을의 내과 의사란 삶으로. 그렇게 함으로써 그의 지역주의는 국제화되고 영원해진다. 개인적인 발화가 갖는 완전히 무방비적인 간소함에 대한 그의 오랜 탐색은 몇 세기의 세련, 제련, 전통, 혁명의 최종 산출물과도 같은 표현 양식을 낳았다.

표면상으로 윌리엄스가 입체파적인 것으로 가져오는 유산은 휘트먼뿐만 아니라 에머슨(Ralph Waldo Emerson)이나 소로(Henry David Thoreau)의 정신과도 닮아 있다. "접촉"이 다시금 탐색되어야 한다면, 토착어에 대한 에머슨의 믿음 또한 그렇다. 윌리엄스는 "폴란드인 어머니들의 말투"에서 영어를 획득하게 되었다고 주장했고, 에머슨은 "대학과 책은 들판과 작업장에서 만들어진 언어를 복사할 뿐"이라고 말한 바 있다. 윌리엄스의 그 유명한 "평평함"(flatness)은 들판으로부터 온 것이 아니라 뉴저지의 "작업장"(work-yard)에서 온 것이다. 이처럼 특징적인 윌리엄스의 용어선택에 대해 케너(Hugh Kenner)는 다음과 같이 말한다. "저지(Jersey)식 발화의 단어구성 속에서 리듬은 의미하는 바가 적지만 훌륭한 종결성으로서 의의가 있다. 그리고 그것이 윌리엄스의 훌륭한 기술적 통찰력이다."

에머슨은 윌리엄스의 또 다른 표어 "관념이 아니라 사물 속에"(No ideas but in things)와 "형식을 위해 사실을 찾아라"(Ask the fact for the form)를 위한 기반을 다진 것처럼 보인다. 소로의 말 "문자의 뿌리는 사물에 있다"는 좀 더 가깝게 느껴지기도 한다. 에머슨은 또한 윌리엄스가 자신의 시라 일컬었던 "장황한 이야기"와 매우 비슷한 열거의 형식 속에서 몇 번이고 사물들에 대해 말하기도 했다. "작은 통에 담긴 음식, 팬에 담긴 우유, 길가에 발라드, 보트에 대한 기사……" 이 방식을 적용한 휘트먼과 에머슨 이후 윌리엄스가 "열거"하는 시들을 구성해냈을 때, 그에 대한 반응은 호의보다는 의혹이 컸다. 그걸 잘 보여주는 인터뷰가 『패터슨 5(Paterson 5)』에 실렸는데, 윌리엄스 후기 작품에서 보여주는 들쭉날쭉한 패턴을 이루는 식료품 목록이 얼마나 많은지 그 이유를 설명하면서 윌리엄스는 이렇게 결론 내린다. "무엇이든지 시를 위해서는 좋은 소재가 된다. 무엇이든지. 나는 몇 번이고 계속해서 말해왔다."

『패터슨 5』는 1958년에 나왔다. 수년 전, 무엇이든 소재로 삼는 들쭉날쭉한 패턴의 시들을 쓰며 그는 1920년 『지옥의 코라(Kora in Hell)』의 서문에서 시라는 것은 "뜬금없이 어렵다, 시는 사건에 대한 이성적인 설명이나 사건 그 자체에서 빌려오는 것이 아니라 희석된 힘에서 나오는데, 그 힘이 수많은 부서진 것들을 춤추게 만들어 완전한 존재가 되게 한다."고 썼다. 윌리엄스는 종종 시에 대한 개념을 춤에 빗댔다. 에머슨처럼 윌리엄스도 "형식을 위해 사실을 찾"는 것으로 보이는데, 형식은 일단 나오면 사실에서 자유로운 것, 사실 위에서 춤추는 것이 된다. 『지옥의 코라』 이후 윌리엄스는 『봄 그리고 모든 것』의 산문에서 또 다른 시의 공식을 시도했는데, 거기서 그는 『리처드 2세(Richard II)』에 나오는 곤트의 존(John of Gaunt)의 연설을 언급하며 글을 마무리한다. "그의 단어들은 자기 아들의 안녕이나 그런 것과 직결된 대상에 대한 이해와 연관된 게 아니라, 그와 맞춤으로 동행하는 조건의 몸으로 추는 춤과 연결된다."

밀러(J. Hillis Miller)는 그의 책 『리얼리티의 시인들(Poets of Reality)』에서 윌리엄스가 현대시의 역사적인 순간을 기록하고 있다며 그의 작업이 모든 이원론의 사라짐을 지켜보고 있다고 보았다. 이원론이 아니라면 이원성, 그게 윌리엄스의 시 작업이 흥미를 포착한 지점이었다. 리얼리티의 형식에 대한 인식으로써

"맞춤으로 동행하는" 그것들은 이 형식들 위에서 혹은 형식과 함께 춤을 추지만, 그 단어들과 형식 사이에 존재하는 틈이 시가 존재할 수 있는 기회를 주고, 또 계속해서 존재하게 한다. 이 사실에 대한 윌리엄스의 가장 짧고 명상하는 표현들은 가장 작은 것들에서 등장한다.

> 너무나 많은 것이
> 기댄다
>
> 빨간 외바퀴
> 수레에
>
> 반짝반짝 빗물
> 젖은
>
> 그 곁엔 하얀
> 병아리들

윌리엄스에게 빨간 외바퀴에 기대어 있는 것들은 그 존재가 단어들로 표현될 수 있다는 사실이다. 행 배열로, 단어들의 점차적인 등장을 조정하는 작업으로 매개되어서 그 인지의 속도를 늦춰나가는 것이다. 상상력은 그 외바퀴, 혹은 윌리엄스를 매료시키는 리얼리티의 어떤 면과 "맞춤으로 동행"하되 너무 그것들과 결합하는 데 준비되어 있거나, 감정적이지 않은 방식으로 작동한다. 상황이 나빠지면 상상력은 주관적인 괴로움으로 퇴각해 버린다.

> 바람이 휩쓸고 간 텅 빈 장소로
> 해도, 별들도, 달도 없고

다만 어두운 불을 선회하는

생각처럼 특이한 빛뿐인 ──
빙그르르 도는

「이들(These)」의 일부분이다. 그런데 그 춤이 사실들로
충분하면, 문법이나 맞춤법의 형식, 말장난, 마침표 없는 단어나
행을 끝내어 나누어진 단어들 사이의 모호한 긴장 같은 것들이
리얼리티의 풍성함에 기여하고 또 동행하게 된다. 이 리얼리티의
풍성함이야말로 누구도 완전한 결합에는 못 미쳐도 그에 따라
내가 인식하게 되는 저항을 가능케 한다.

윌리엄스의 최고의 운문에는 음절 요소들이나 "이중모음/ae"와
같은 것들까지 살펴보았을 때, 찰스 올슨(Charles Olson)이 "언어의
2분음표와 요소들"이라 불렀던 생생한 감각들이 있다. 「아무것도
하지 않는 것(To Have Done Nothing)」의 짧은 행의 결구들을 자주
가로지르며 상연되는 이 요소들의 극은 윌리엄스의 자유시에
응집력을 부여했는데, 이는 올슨이 말한 것을 강화한 것이다.

각 행의
우발적인 움직임은
전체 동작과
함께, 더러는 반하여, 작동하는데
이는 특히 그 즉각성에서 나온다.

물론 윌리엄스는 자신이 자유시를 쓰지 않는다고 주장했다.
일찍이 1913년부터 그는 "나는 자유시(vers libre)를 믿지 않는다. 그
용어에 담긴 모순을 믿지 않는다. 동작은 계속되거나 계속되지
않고, 리듬은 있거나 혹은 없다."고 말했다. 이어서 윌리엄스는
오디세이(Odyssey)를 "제대로 생각해보면" "어떤 부분도 그 자체로

뛰어나지 않고 전체의 핵심적인 특성을 구성한다."고 썼다.

> 이것이 내가 원하는 동작(action)에 대한 개념이다. 다른
> 방향, 내부로 향한 것에서 상상력은 하나하나, 한 부분
> 한 부분, 한 영역 한 영역마다 이미지를 만들어 내어
> 살아있는 하나의 완전한 것을 이룬다. 하지만 각 부분이
> 각각의 곁에서 작동하며, 각 부분에 근접한 부분 곁에서,
> 서로의 곁에서 모든 부분들로 전체를 일으켜 낸다. 각
> 부분은 자연스레 리듬 속에 있게 되고 거기 물결이 있고
> 조수가 있고 모래사장의 능선이 있고 선 다음에 선(bars)이
> 있고……

그가 추구했던 이런 종류의 시 쓰기에 대한 직관적인 개념은
윌리엄스가 후기에 자기패배적으로 "가변 음보"를 정의하려던
시도, 즉 윌리엄스가 용어부터 모순적인 자유시라고 말했던
것으로 종결되는 "상대적 기준"(relative measure)보단 본질에 가깝다.
"각 행의/ 우발적인 움직임"이고, 작시법상의 음보에 대한
개념이라기보다는 로버트 크릴리(Robert Creeley)가 윌리엄스 시에
생기를 준다고 한 각 행의 "내용상의 강조"(contentual emphasis)
말이다. 이 강조들은 상대적으로 짧은 시들에 일관적으로 영향을
미친다. 『패터슨』엔 우연한 절묘함들(finenesses)이 있지만, 다른
긴 시편들에서 종종 그렇듯이 그 춤이 무너지는 게 느껴지는
지점들이 있다. 하지만 동시에 긴 시편들에는 전체적으로
도달되지 않았으나 탁월함을 보여 주는 문단들이 있기도 하다.
아이버 윈터스(Yvor Winters)는 윌리엄스가 헤릭(Herrick) 유의
간명함을 지녔다고 떠올리는데, 이는 윌리엄스의 반경을 어쩐지
과도하게 좁히는 일이다. 그에게는 「진홍색 시클라멘꽃(The
Crimson Cyclamen)」이나 「엘레나(Elena)」 같은 시들처럼 매우 확장된
범주의 시를 쓸 역량이 있기 때문이다. 그의 짧은 시들은 다른

곳에서라면 감상을 불러일으키는 명상적인 자기애적 시에
반하는 증거로 존재한다. 「오케스트라(The Orchestra)」처럼 수려하게
시작된 시들도 순수에 대한 가장 평범한 천명 앞에 무릎을
꿇는다.

월리엄스는 『황무지(The Waste Land)』적인 합일이 가능하지는
않았지만, 윌리엄스를 번역해 『스무 편의 시(Veinte Poemas)』로
시집을 내어 소개한 옥타비오 파스(Octavio Paz)는 "시인의
위대함은 그 규모가 아니라 작품의 완성도와 집중도, 작품의
생생함(vivacity)으로 가늠되어야 한다. 윌리엄스는 현대 미국시
문단에서 가장 생생한 작가다."라고 했다. 그 생생함은 가늠할
수 없는 형식이 주는 예상치 못함에서 생겨난다. 예컨대,
「청미래덩굴에 맺힌 빗방울(Raindrops on a Briar)」에서 보듯 시작
부분의 진술을 "아치 모양 줄기에 드문드문/ 반주처럼 정렬해
있는" 물방울들로 옮겨 가게 할 수 있는 시인이 누가 있겠는가?
게다가 그 에둘러 가는 길이야말로 시가 표현해야 할 가장
정확한 방법이고 형식을 최고로 활용하는 것 아니겠는가?

형식에 대한 윌리엄스의 태도는 우정에 대한 그의 태도와
닮아있다. 윌리엄스에게 우정이란 "위험하고, 불확실해야 하는 것,
많은 의심스러운 침목들(crossties)로 구성되어야 하는 것, 그래서
실패할 수도 있는 것이다. 하지만 우정이 지속되는 동안에는
얼기설기 짠 좋은 구조가 되어 길을 내고, 구성원들 사이 내밀한
연관성처럼, 다양성이 그득한 것이 된다." 이 대목은 윌리엄스의
『자서전(Autobiography)』 49장에 있는 「우정(Friendship)」에서 인용된
것이다. 50장 「투사시(Projective Verse)」에서 투사시는 고요하게
이상적인 예술적 형식으로 변모하는데, 이 이상은 윌리엄스의
지역성이란 개념의 일부로 관찰된다. 50장은 여러 면에서 이
책의 핵심인데, 윌리엄스는 올슨의 "장에 의한 창작"(composition
by field) 개념을 이용하여 아주 재치있게 자기 시의 형식이 왜
자기 나라에서 제대로 이해되지 못하는지 그 배경을 암시적으로

깔고 이야기를 이어 간다. "내게는 기준이라는 자리가 없다"는 이유에 대해, 또 어째서 T. S. 엘리엇의 『황무지』가 "우리 언어의 위대한 재앙이며 …… 엘리엇은 나의 세계를 재건할 가능성에서 등을 돌렸다."고 보았는지 등에 대해서 말이다. 윌리엄스에게 그 세계는 올슨의 글 「투사시」에서나 인정받을 수 있는 세계였다, 그것은 탐구적이고 음절에 기댄 운문의 세계였고 또 "최소한으로 부주의하고 최소한으로 이성적인 발화와 관계하려고 …… 언어적 요소들과 2분음표들의 공간인 이곳으로 다시 후퇴하라는" 초대이기도 했다. 50장에서 윌리엄스는 파괴된 뉴욕의 부지에 지어진 작은 벽돌집을 인수하고 그것을 "창고로, 지성과 느낌이 보장되는 씨앗"으로 바꾼 화가 쉴러(Charles Sheeler)와 함께 "언어적 요소들의 이 공간"과 실재하는 공간을 병치시키는데, 그 도약은 장 전체에 아름답게 펼쳐진다. 윌리엄스는 "시는 우리의 대상이며 문제의 핵심에 있는 비밀이다, 재구성되는 쉴러의 작은 집이 버려진 로우스 사(the Lowes) 부지의 핵심인 것처럼"이라고 말한다. 쉴러와 그의 러시아계 부인과 그들이 지역 환경에서 한 것들은 시인 윌리엄스에게는 의미로 활기찬 작업이었다. 50장의 형식이 그 의미를 드러낸다. "과거를 거스르는 것도, 미래를 위한 것도, 생존을 위한 것도 아닌 지속성을 보장하고 정신이 머무를 수 있게 할 진실된 이해를 위한 것. 이런 방식으로 구성하는 것은 바로 우리 자신이다." 책의 맨 마지막에 등장하는 이 대목은 언어의 잠재성을 더듬어 온 윌리엄스의 수년에 걸친 의식 형성 과정을 설명해주며 유럽으로 무장한(윌리엄스가 자주 저항했음에도) 채 다시 돌아가는 미국적 지역성이란 정신과 정방으로 균형을 맞춘다. 이 자서전에서 눈에 띄는 두 인물은 조이스와 브랑쿠시(Constantin Brancusi), 그리고 쉴러와 데무스(Charlse Demuth)이다. 파리가 러더퍼드와 뉴욕에 맞서는 것이다.

미국의 모든 모더니스트들 가운데 윌리엄스는 가장 더디게 주목받은 시인이었다. 윌리엄스의 글쓰기 인생은 엘리엇과 신비평이란 문학적 기준에 지배받았고 윌리엄스가 하고 있던 일에 관한 비평 용어도 부재했다. 파커 타일러(Parker Tyler)는 윌리엄스가 왜 엘리엇의 객관적 상관물 이론이 자신에겐 적용되지 않는지, 또 그 한계는 무엇인지 설명하는 장면을 상상해 본다. "내 시론은 가까운 환경에서 발생하는 것이며, 내 환경이 미국인 상황에서 친숙한(혹은 '객관적 상관물') 감정들은 존재하지 않는다고 말한다. 왜냐하면 감정들 자체와 감정이 내재한 환경의 이미지는 붙잡기 어렵고 형태가 없기 때문이다."

이름이 없는 것에 이름을 붙이기, "시들어 가는 에너지의 뒤집힌 고깔에 스스로 항복하는 걸 피하기 …… 그리하여 마침내 훌쩍 날아 보통의 무존재로 들어가는 것, 결론을 잘라 버리기." 이것들은 앞에서 인용된 1913년의 글 「말투의 리듬(Speech Rhythm)」보다 윌리엄스가 더 일찍 골몰했던 작업들이다. 납치되어 자기가 모르는 국가로(윌리엄스의 불분명한 미국) 가게 된 왕자에 대해 썼던 윌리엄스의 학부생 시절 시와 그 시에 대한 설명에서(그는 이 글을 태워버렸다) 스스로 마주쳐야 했던 문화적 정체성과 언어의 문제들이 있었음을 윌리엄스는 어찌 이리 빨리 깨달을 수 있었을까. "누구도 그가 어디쯤 있는지 알려 주지 않았다. 그가 지나가는 사람들을 마주치기 시작할 때도 그들은 이해하지 않았으며 혼자 자기 언어로 말하게 내버려 두었다. 과거에 대해서라면 그는 어떤 것도 떠올릴 수 없었다 …… 그래서 그는 계속했다. 집으로 향하며, 자기 것이었던 집을 탐색하며. 이 모든 것이 야만의 언어를 가졌던 '외국' 나라를 통해서였다."

이 신화는 긴 정신적 소외의 길을 스스로 내어주는 것처럼 보인다. 하지만 우리는 윌리엄스가 매일 존재의 요구를 만나며 공간, 사람들, 사물들의 바닥을 느끼기 위해 자기 자신과 너무 깊숙이 연루하지 않으면서 그를 극복하는 것을 본다. 윌리엄스의 탄력성은 『미국의 기질(In the American Grain)』에서 보듯 자신의

영웅이었던 인디언 예수회 수사 라슐(Jesuit Pére Rasles)을 떠올리게
한다. "이것은 하나의 도덕적 근원인데, 사유되는 것이 아니라
토착적인 것을 가까이 끌어안는 점에서 특이하게 민감하고
대담한 것이다 …… 윌리엄스의 섬세한 감각은, 꽃피고, 만개하고,
개화하고, 되살아나는, 닫아걸지 않는 모든 것을 조율한다. 그는
그 작은 것들의 언어로 자신의 고투에 대해 말하고 그 기이한
아름다움에 대해 말한다. '그 에너지에 대해 나는 아는 바가
없다'며, 그는 그 속도를, 열정을 지닌 그 천재적 형식을, 경외심과
너그러움으로 인용하고 있다."

윌리엄스의 작업에는 왕자 신화와 그 신화를 반박할 진술의
필요가 근저에 깔려있다. 자서전에서 그 반박은 마지막 장, 그가
『패터슨』의 광경을 보려고 운전하러 나갈 때 다시 나타난다.
"폭포가 바닥의 암석들과 부딪히며 굉음을 내뱉는다. 상상
속에서 이 굉음은 말 혹은 목소리, 특히 말이다. 그것은 바로 시
자체, 그게 답이다."

언어로 그림을 그리다

정은귀

어떤 자세에 대해

"너무나 많은 것이 기댄다 빨간 외바퀴 수레에 반짝반짝 빗물 젖은 그 곁엔 하얀 병아리들." 어떤 학생이 이런 문장을 작문 시간에 썼다면? 작문 선생은 아마 문장이 단순하고 이상하다며 학생에게 다시 쓰라고 했을 것이다. 하지만 그 문장을 적절한 행의 나눔으로 배치한다면? 궁금하신 분들은 본문 156쪽을 먼저 찾아보시길.

짧은 몇 단어로 어느 비 오는 날 농가의 조촐한 풍경을 아름답게 다시 그려 낸 윌리엄 칼로스 윌리엄스(William Carlos Williams, 1883-1963)의 시 「그 빨간 외바퀴 수레」는 영미시사에서 가장 독특하고 아름다운 시가 되어 전 세계적으로 읽히고 있다. 이번에 두 권으로 펴내는 시인 윌리엄 칼로스 윌리엄스의 번역 후기는 그 시의 신비, 시를 만드는 자세에서 시작하고자 한다.

시가 무얼까, 시가 무엇이어야 하는가, 시가 무엇이 될 수 있는가. 평생 시를 공부하면서, 다른 언어를 건너 시를 옮기면서, 시를 새롭게 읽고 또 발견하면서 내가 매번 되풀이하는 질문이다. 미국의 시인 에이드리언 리치(Adrienne Rich)는 "시에는 언제나 이해되지 않는 것, 설명되지 않는 것, 우리의 열렬한 관심 속에서, 우리의 비평 이론에서, 교실에서 늦은 밤 논쟁 속에서 살아남는 것이 있다."고 했고, 시인 이성복은 "제게 시는 구원도 아니고, 치유나 위로도 아닙니다. 오히려 아픈 곳을 더 아프게 드러내고 직시하게 하는 것"이라고 했다. 이해되지 않고 설명되지 않는 것, 논쟁에서 끝끝내 살아남는 것, 치유나 위로가 아니라 아픈 곳을

395

더 아프게 드러내는 것, 이것은 시 자체에 대한 정의라기보다는
시를 읽고 쓰는 자세에 합당한 표현이기에 무엇보다 의사이자
시인이었던 윌리엄 칼로스 윌리엄스를 설명할 때 적절한 말이다
싶다. 아픈 곳을 예쁘게 가리려 하지 않고 아프게 드러내고
직시하게 하는 행위. 다 알지 못하는 어떤 심연의 경험이 시에서
환부처럼 드러날 때, 그 드러남은 아프고 기묘하면서 동시에 살아
있고 아름답다.

　의사가 환자를 보듯 이 세계의 낮은 곳을 응시하는 시선은
시인 윌리엄스가 굳건하게 기댄 시적 방법론이었다. 시인은
계속해서 본다. 환자를 보고 풍경을 보고 세계를 보고 사람을
본다. 그 보는 시선이 시인이 직접 쓰고 말하는 언어로 직조된다.
사람을 보던 의사가 시인이 되어 말을 본다. 검은 글자와
흰 여백을 보고 행간을 새로 만든다. 이전에는 상상도 못한
방식으로. 새로운 시의 탄생이다. 시인 윌리엄스에게 보는 눈과
생생한 언어는 그가 깃들어 사는 땅을 가장 사실적으로 복원할
수 있는 청진기였다.

　"나는 좀 순진한 아이였다. 오늘날까지도 죽 그러한 편이다."
자신의 자서전에서 윌리엄스는 스스로를 그렇게 적고 있다.
40년이나 의사 생활을 하고 난 이후의 회고다. 어린 시절이
아니고 철이 든 후, 또 나이를 먹어, 자기 삶을 돌아보며 스스로를
순진한 사람으로 평가할 수 있는 이가 얼마나 될까? 여기서의
순진함은 경험을 충분히 하지 못한 이의 미숙함이라기보다는
의사-시인 윌리엄스의 생애를 설명하는 어떤 '자세'를 관통하는
말이다. 있는 그대로 사물을 보고 세상을 보는 그 자세 말이다.

　시인 윌리엄스를 한 사람으로 설명할 때, 즉 시인으로서
설명할 때나 의사로서 설명할 때나 그 자세는 한결같다는
생각이 든다. 그래서 첫 권의 작가 소개는 '어떤 자세'에 대해
쓰고자 한다. 적어도 윌리엄스에게 시인을 시인이게끔 하는
시선과 의사를 의사이게 하는 태도는 서로 나뉘지 않고 정확히

겹쳐 있다. 그리고 그 자세는 순진하고 꼼꼼하게 들여다보는
데서 출발한다. 아무리 무섭고 끔찍하고 비루한 것이라 해도 눈
돌리지 않고, 있는 그대로 미화하지 않고. 현실의 가난과 비참을
넘어서는 아름다움, 새로움을 상상하는 힘 또한 거기서 나온다.

시인의 장소

윌리엄 칼로스 윌리엄스는 1883년 9월 17일에 미국 동부의
뉴저지주 작은 도시 러더퍼드(Rutherford)에서 태어났다. 작가
소개를 쓰기 시작한 오늘이 공교롭게도 9월 17일이다. 지금부터
138년 전에 시인이 태어났다 생각하니 좀 이상한 기분이
든다. 나는 두 생을 넘어서 윌리엄스의 시에 다른 언어의 옷을
갈아입혀 지금 이곳의 독자들에게 시를 다시 태어나게 하고
있는 중이니. 지금 여기의 독자들은 윌리엄스의 시에서 무엇을
발견하게 될까?

러더퍼드는 1687년 네덜란드 이민자들이 처음 자리를 잡은
유서 깊은 도시다. 1830년대 패터슨에서 호보컨으로 연결되는
기찻길이 들어서면서 뉴욕에 살던 사람들이 이리로 옮겨 와
페세이크강을 따라 많은 집들이 들어서기 시작했다. 뉴욕 도심
맨해튼까지 11마일, 우리식 계산으로 18킬로 남짓. 차가 막히지
않는다면 20분 거리인데, 지금도 작고 나지막한 집들이 많은
조용한 도시다.

윌리엄스는 두 아들 중 첫째였다. 어머니 라쿠엘(Raquel)은
푸에르토리코 출신으로 독일계, 스페인계, 유대계 혈통이 뒤섞인
가계의 후손이었고, 영어를 잘하지 못했다. 아버지 윌리엄
조지 윌리엄스(William George Williams)는 다섯 살 때 영국에서
도미니카공화국으로 건너갔다가 다시 미국에 자리 잡은
이민 1세대였는데, 평생 미국 시민권을 따지 않았다. 특별한
정치적 이유가 있어서라기보다 남미나 유럽 등 여러 지역으로
사업차 왕래가 잦았던 탓에 시민권이 없는 것이 오히려 편해서

그랬다고 한다. 부모님이 모두 스페인어가 편해서 집에서는 주로 스페인어와 프랑스어를 사용했다 한다.

에즈라 파운드(Ezra Pound)나 T. S. 엘리엇(T. S. Eliot) 등 모더니즘 초기의 유명한 시인들이 이미 미국에 오래전에 자리 잡은 명문가 출신이었던 데 반해, 막 이민 와서 영어도 제대로 하지 못하는 상황에서 뉴저지의 작은 도시에 자리 잡은 이런 집안 환경이 윌리엄스로 하여금 미국적 구어와 지역성에 기반한 풍경에 천착하게 했다고 보는 평자들이 많다.

윌리엄스는 시인보다 의사로 성공하기를 원한 부모님의 기대에 부응하여 착실히 공부했고, 의사가 되었다. 기록에 따르면 3000명이 넘는 아이를 받았다고 한다. 한 도시에서 나고 자라 평생 같은 지역에서 의사이자 시인, 소설가, 에세이스트, 극작가로 산 윌리엄스. 1913년에 지어져 윌리엄스가 50년을 살았던 집이 리지로드 9번지에 아직도 건재해 의사의 개인 집무실로 이용되고 있다고 하니, 기회가 되면 한번 방문해 봐도 좋겠다.

윌리엄스에게 '장소'는 단순히 살아가는 공간 이상으로 그의 세계 전부였고 시의 굳건한 뿌리였다. 윌리엄스는 영미시사에서 에즈라 파운드, 힐다 둘리틀과 함께 이미지즘의 선구적인 시인으로 알려져 있는데, 실상 이미지즘 운동이 한창일 때 그의 이름은 그 그룹에서 그다지 두각을 나타내지 못했다. 토머스 흄(T. E. Hulme), 리처드 올딩턴(Richard Aldington), 힐다 둘리틀(H.D.) 그리고 D. H. 로런스(D. H. Lawrence), 에이미 로웰(Amy Lowell), 에즈라 파운드 등 여러 시인들 사이에서 윌리엄스는 맨 끝자락에 이름을 내밀고 있다.

시인으로서 윌리엄스의 성취는 다른 무엇보다도 미국의 평범한 시민들의 일상을 당시 살아 있는 거리의 언어로 그려 낸 점을 높이 사는 것이 더 온당하다 하겠다. 유럽 중심의 미학이 인정을 받던 모더니즘 시인들 중 지역적인 특이성과 삶의 보편성을 함께 성취한 시인으로 윌리엄스는 엘리엇과 신비평을

앞세운 주류 모더니즘 시학에 파묻혀 있었고, 파운드와의
친분으로 인해 미국 내에서는 정치적으로 고초를 제법 겪기도
했다. 시인으로서 윌리엄스에 대한 비평적 조명은 비교적
늦게 주어졌으니, 1960년대 이후 비트제너레이션 시인들에게
큰 영감을 준 시인으로 20세기 후반에는 월트 휘트먼(Walt
Whitman)을 이어 미국의 가난한 민중의 삶에 밀착된 언어와 시의
실험으로 미국 시의 토양을 새롭게 한 시인으로 평가된다.

　무엇보다 윌리엄스는 왕성한 실험가이자 혁명가였다. 글의 맨
앞에 인용한 「그 빨간 외바퀴 수레」를 다시 예로 들어 보자.

　　　너무나 많은 것이
　　　기댄다

　　　빨간 외바퀴
　　　수레에

　　　반짝반짝 빗물
　　　젖은

　　　그 곁엔 하얀
　　　병아리들.

　산문으로 쓰면 비문에 그칠 한 줄의 짧은 문장이 시로 다시
태어났을 때는 비 내리는 날 농가의 풍경을 조심스레 찬란히
비춘다. 빨간 외바퀴 수레와 반짝이는 빗물, 하얀 병아리들.
일하는 농부가 매일 짐을 지고 날랐을 외바퀴 수레와 그 주변의
것들을 바라보는 시선. 이 시에서 가난한 농부가 행했을 노동의
일상은 그다지 드러나지 않는다. 다만 농부가 매일 짐을 실었을
외바퀴 수레를 중심으로 재배치된 사물들 속에서 "너무나 많은

것"이 숨어 있다. 정물화 같은 풍경을 비추는 시의 언어 속에서 노동하는 일상은 독자들의 상상 속에서 새롭게 구성된다. 비 오는 날의 휴식 속에서 일상의 노동이, 그 소박한 기쁨과 평화가 함께 그려진다.

이처럼 윌리엄스의 시는 남루하고 보잘것없는 현실, 우리가 매일 마주치는 일상의 장소를 완전히 새롭게 보게 한다. 그의 시는 선분과 색채를 새롭게 배치한 그림을 닮았다. 그는 그림을 그리는 화가의 눈처럼 시를 썼다. 당시 대공황기의 시름이 깊을 대로 깊어진 미국에서, 게다가 2차 세계대전을 통과하는 아픈 현실에서 시인은 뉴저지주 소도시 패터슨의 가난한 서민의 삶을 그들이 쓰는 일상의 언어로 충실히 기록했다. 자신의 눈이 보는 바를 충실하면서도 새롭게 기록한 화가, 시적인 방법론의 차원에서 시의 문장을 새롭게 한 혁명가, 무엇보다 소외된 민중들의 삶과 아무도 눈을 주지 않는 가난한 도시의 풍경을 시의 전경에 내세웠다는 점에서 혁명가였다.

시인의 시간

시인이자 의사로서 윌리엄스의 실제 삶은 굳건한 일상의 규칙 속에 뿌리내려 있었다. 40년 이상 자신이 나고 자란 도시의 시민들을 진찰하는 의사로 살면서 매우 성실하게 일상을 영위했기 때문이다. 소아과이자 산부인과 전문의였던 윌리엄스는 영화 「패터슨」의 23번 버스 기사처럼 매일 일정하게 일터로 나갔다. 윌리엄스는 자신이 만난 환자들, 미국의 평범한 시민들을 면밀히 관찰하였고, 그들에게 매우 진실되고 깊은 공감을 가지고 있었다. 동시에 그 연민과 공감을 과도한 낙관주의나 손쉬운 희망으로 바꾸지 않았고, 대신 차분한 현실주의자의 시선으로 시를 썼다. 윌리엄스의 시에는 "신선한 경쾌함, 고집스러움, 무적의 기쁨이 있지만, 어떤 낙관적인 맹목이 없다."라고 시인 랜들 자렐(Randall Jarrell)은 썼다.

여타의 다른 모더니즘 시인들이 많은 문학적 세례와 재능을 명문가 가문의 뿌리와 수준 높은 고전 교육을 통해 물려받은 데 비해서 윌리엄스는 그러지 못했다. 문학과 예술에 대한 조예가 깊은 가족 구성원들을 통해 어릴 때부터 온갖 고전을 읽으며 문학 교육을 절로 체득하는 그런 전통도 답습하지 못했다. 이민자로서 이제 막 미국 사회에 뿌리내린 부모는 모두 윌리엄스가 세상에서 세속적으로 성공하길 원했다. 그나마 셰익스피어를 매우 좋아한 할머니가 아들들, 윌리엄스의 아버지와 삼촌들에게 단테와 성경을 읽게 했다고 한다. 윌리엄스는 수학과 과학에 재능이 있어서 어릴 때 글쓰기에 크게 두각을 나타내진 않았고, 좀 커서 책을 좋아하게 되었다. 고등학교 고학년에 가서야 처음 시를 썼는데, 그때 윌리엄스는 시를 쓰는 일의 기쁨에 늦게나마 눈을 뜨게 되어 많은 시를 썼다.

"공포가 내 삶을 지배했다. 두려움이 아니라."고 자서전에서 윌리엄스는 쓰고 있는데, 그 시절 많은 이들이 그랬듯 윌리엄스의 어린 날은 그다지 행복하지 못했다. 엄격한 이상주의와 도덕적인 완벽주의를 아들에게 투사한 부모님의 부담을 아들이 몰랐을 리 없다. 시인 스스로 어떤 공포를 이야기하고 있긴 하지만 그렇다고 해서 유난히 불행한 어린 시절을 보냈다고 하기는 어렵다. 매주 친척들이 오가고 집에 머무는 손님들이 유난히 많은 집안 분위기였고, 그 속에서 윌리엄스는 착실하고 평범하게 자랐다.

러더퍼드에서 1896년까지 학교를 다닌 윌리엄스는 동생과 함께 유럽으로 건너가 제네바와 파리에서 학교를 다녔다. 다시 뉴욕으로 돌아와 고등학교를 졸업한 윌리엄스는 1902년에 펜실베이니아대학교 의대에 들어가 1906년에 졸업했다. 당시 낙후된 미국에서 유럽과 영국의 문화는 미국의 상류층이 의식적으로 향하던 하나의 지향점이었는데, 유럽에서의 경험이 윌리엄스의 의식을 크게 뒤흔들어 놓지는 못한 것 같다. 의학도로서 펜실베이니아대학교를 다닐 때 엄마에게 쓴 편지에 부모님이 기대한 어떤 도덕적 완결성을 최선을 다해 지키며 살겠다는 다짐도 나오는 걸 보면, 아들의 성공을 간절히 바란 부모님의 희망을 충실히 따라가면서 다른 한편으로는 완전히 가시지 않은 불안과 결핍을 시에서 찾은 것 같다. 시를 쓰던 초기에 윌리엄스는 영국의 시인 존 키츠(John Keats)의 정련된 우아함과 미국의 시인 월트 휘트먼의 분방한 자유시 형식, 자유를 향한 충동에 이끌렸다. 뒤늦게 시작한 시 창작에 매료된 윌리엄스는 시와 의사의 길을 나란히 따라가리라 결심한다.

의대 졸업 후 뉴욕의 어린이 병원에서 인턴 생활을 약 3년간 한 윌리엄스는 1909년 독일 라이프치히로 가서 소아과 의사가 되기 위한 전문적인 훈련을 쌓는다. 독일에서 돌아온 1912년에 플로렌스(Florence Herman, 시에서는 Flossie로 언급된다.)와 결혼한 윌리엄스는 고향으로 돌아가 앞에서 언급한 리지로드에 집을 짓고 본격적인 의사 생활을 시작한다.

시인으로서 윌리엄스의 첫 출발은 1909년 러더퍼드에서 자비로 출간된 『시들(Poems)』인데, 비교적 전통적인 기법에 충실한 시들이었다. 1913년에는 두 번째 시집 『기질들(The Tempers)』이 출간되는데, 이 시집이 바로 시인 윌리엄스의 잊을 수 없는 인연 에즈라 파운드의 도움으로 런던에서 출판된 시집이다. 1914년에 첫아들 윌리엄이, 1917년 둘째 아들 폴이 태어났다. 첫아들도 아버지의 뒤를 이어 의사가 되었다.

평생 충실한 의사로 살았지만 윌리엄스는 시인으로서도 매우 충실하게 시를 썼다. 시인과 의사의 업은 철로의 선로처럼 줄곧 곧고 팽팽하게 윌리엄스를 살게 한 추동력이었다. 윌리엄스는 자신의 시에 큰 변화를 가져다준 에즈라 파운드와의 만남에 대해 파운드를 만나기 전과 후가 기원전과 기원후로 나뉜다고 고백한 바 있다. 파운드는 H. D. 등 이미지스트 시인과 화가 찰스 데무스(Charles Demuth)를 윌리엄스에게 소개해 주었고, 이들과의 교류가 윌리엄스의 시 형식에 큰 영향을 미친 것도 사실이다. 윌리엄스는 파운드의 "새롭게 하기" 명제에 신선한 충격을 받았고, 사물을 직접적으로 시에 이입시키는 방식에 대해 고민하기 시작했다. 자신이 살고 있는 동시대 사람들, 시공간적 조건에 시가 긴밀하게 반응해야 한다고 생각한 윌리엄스는 자신이 만나는 모든 환자들, 거리의 사람들과 풍경들을 시적 질료로 삼았다.

그리하여 윌리엄스는 자신이 의사로서 만나는 수많은 지치고 병든 사람들, 삶의 파고에 시달린 그 수많은 몸들을 시로 기록하려고 했다. 전업 시인이 아니라 온전히 집중해야 하는 의사라는 직업을 살아내야 했던 윌리엄스에게는 시에 전념하는 시간은 적었지만 의사로서 매일 반복하는 사람들과의 접촉, 그들을 관찰하고 관심을 쏟는 일을 시 쓰기에 투영했다. 환자 호출이 오면 가정방문을 하고 아기를 받으며 윌리엄스는 삶에 지친 몸, 아픈 몸을 들여다보고 진찰했다. 아이들이 꽃처럼 피어나는 성장을, 그러다 세파에 시들어가는 젊음들을 목격하고 응시했다. 그의 시선은 늘 거리에 있었다.

그렇게 환자를 만나고 사람들을 보는 일은 그대로 언어를 보는 일로 연결되어 시가 되었다. 한편으로 에너지 넘치고 연민 가득한, 독립적인, 게다가 사회적 의식도 충만한 윌리엄스는 동시에 도시적인 인간이었고, 그 시대만큼 침울했고, 또 변덕스럽고 열정적이고 헌신적인 동네 토박이이자 자신을 둘러싼 환경과 조건에 책임감 있게 반응하는 사람이었다.

살아 있는 시와 미국의 나무 한 그루

윌리엄스는 작품 활동 초기에 찬사보다 비판을 더 많이 받았다. 윌리엄스가 실험한 많은 형식들, 특히 자동기술 형식으로 쓰여진 『지옥의 코라(Kora in Hell: Improvisations)』를 출판한 1920년에는 H. D.를 비롯, 파운드나 월러스 스티븐스(Wallace Stevens)에게서도 시가 별로라는 이야기를 들었다. 1923년에 출간된 『봄 그리고 모든 것(Spring and All)』은 현대시 역사에 두고두고 읽히는 윌리엄스의 수많은 대표시들을 담고 있는 뛰어난 시집이지만, 바로 전해에 출간된 엘리엇의 『황무지(The Waste Land)』가 문단의 주목을 받으면서 출간 직후에는 큰 주목을 받지 못하고 외면당했다.

문단과 평자들이 엘리엇의 시적인 성취에 일제히 환호할 때 윌리엄스는 이를 인정하지 못하고 개탄했다. 윌리엄스는 지역성에 기반한 새로운 시를 써야 하는 때에 옛 문서에 묻힌 엘리엇의 『황무지』가 현대시의 풍경을 바꾸어 놓은 사건이 마치 신세계를 폐허로 만드는 원자폭탄과 같은 것이었다고 자서전에서 술회한다. 엘리엇은 거리와 땅에서 살아 숨 쉬고 호흡하는 새로운 언어를 창조하는 대신, 언어의 저장소인 도서관에 파묻힌 시를 썼다는 것이다. 일상적이고 진솔한 구어, 즉 당대 사람들이 즐겨 쓰는 미국식 영어의 입말이 시의 기본 리듬이 되어야 한다고 믿었던 윌리엄스에게는 엘리엇의 지적이고 난해한 시들, 그리고 그러한 시들에 대한 평단의 환호는 정말이지 마뜩잖은 것이었다.

윌리엄스는 뉴욕이나 런던 등 큰 도시를 중심으로 피어나던 주류 모더니즘의 국제적인 감각 또한 그다지 온당치 않게 여겼다. 현실의 생동하는 삶을 밀착된 시선으로 담고 있지 않다고 생각했기 때문이다. 당대의 유명한 편집자 해리엇 먼로(Harriet Monroe)에게 윌리엄스는 예술의 차원에서 오늘날 대부분의 시는 '죽었다'고 선언한 적이 있다. 시 안에 삶이 없다는 것이다.

그에게 시는 전복적인 새로움과 불규칙적인 리듬으로 충만한 어떤 충동, 어떤 생명, 삶이 살아 있는 형식이어야 했다. 살아 있는 시는 눈으로도 마음으로도 제대로 보고 또 느낄 수 있는, 이 세계의 수많은 삶을 구체적으로 기록하는 언어여야 했고, 무엇보다 사물의 본질인 아름다움을 지닌 형식이어야 했다. 그렇다면 사물의 본질인 아름다움은 어떻게 발견되고 또 어떻게

시에 구현되는가? 윌리엄스의 시는 많은 경우 이 질문들에
답하는 실험이었다.

　먼저 윌리엄스는 발견을 위하여 보는 이의 시선을 해방시켰다.
작은 예로, 윌리엄스의 시에서 흥미로운 부분 중 하나는 제목을
먼저 짓지 않고 나중에 붙인 시가 많다는 점을 들 수 있다. 첫
번째 판본에서는 제목 없이 첫 행이 그냥 제목이 된 시들이
많은데, 이는 에밀리 디킨슨(Emily Dickinson)의 시들과 흡사하다.

　제목은 하나의 틀이다. 그렇기 때문에 제목이 없는 시들은
어떤 틀이나 프레임 없이, 어떤 경계 없이 독자들로 하여금
시를 마주하게 한다. 있는 그대로의 사물과 사람들을 보여주는
윌리엄스 시의 정신과 통하는 부분이기도 하다. 시의 제목은 어떤
것을 먼저 상상하게 틀을 만들어주기에 윌리엄스는 의도적으로
보는 경험 자체를 시 읽기에 투사했던 것이다. 그래서 독자를
시인이 미리 규정한 인식 체계 안에 가두지 않고 시를 전면으로
보게 한다. 마치 우리가 어떤 풍경을 감상할 때 주변에 제한된 틀
없이 풍경을 그대로 보는 것처럼 말이다.

　윌리엄스의 시에 시각적인 특징이 두드러지는 것은 1910년대
후반부터 뉴욕의 예술계를 평정한 아방가르드 예술운동과
맞물려 있다. 의사-시인으로 '보는' 업이 시가 된 윌리엄스는 평생
시와 그림을 융합시키고자 했다. 그의 시들이 입체주의, 미래주의,
정밀주의, 인상주의, 다다이즘 등 모더니즘 예술운동과 연결되어
자주 논의되는 것은 그런 이유다. 그리고 그 중심에는 정형화된
형태나 진부한 소재에서 벗어나고자 하는 시인의 열망이 있었다.
화가들이 색채의 해방을 꿈꾸었다면, 시인 윌리엄스는 언어의
해방, 형식의 해방을 꿈꾸었던 것이다.

　그렇다면 시인은 어떻게 이를 달성하는가? 무엇을 보면서?
윌리엄스는 예술가에게 적합한, 고양된 강렬한 시선에 대해
이야기한다. 즉, 그림을 그리기 위해 어떤 나무를 볼 때 그 나무는
말 그대로의 나무가 아니다. 예술가가 보는 것은 그의 몸이

기억하는 나무, 정신이 기억하는 나무, 그의 앞에 하나의 형태와 하나의 색깔로 창조되는 '인상'이라는 것이다.

그렇기 때문에 윌리엄스에게는 자신이 발을 딛고 선 그 땅의 역사, 그 땅의 사람들, 그 속에서의 경험이 예술 창작의 중요한 질료로써 중요했다. 나무는 그냥 나무가 아니고, 사전 속의 나무도 아니고 신화 속의 나무도 아니고 "미국의 나무 한 그루"가 된다.

여기서 우리는 좀 더 명확히 알 수 있다. 즉, 시인이 보는 것은 그냥 보는 것이 아니다. 윌리엄스의 시를 사실적이라고 할 때, 시인의 눈은 다른 이들이 보는 것을 같이 보면서 다른 이들이 보지 못하는 것을 발견하는 눈이다. 마치 의사가 다른 이들이 보지 못하는 몸의 문제를 촉진하여 알아채듯이, 시인의 눈, 시인의 몸, 시인의 정신과 기억, 모든 감각은 그가 마주하는 대상 앞에서 열린다. 그리하여 사물의 형태와 색채로 인해 창조되는 인상, 고양된 집중력으로 마주하는 그 느낌이 현실을 시로 탈바꿈시키는 힘이다.

윌리엄스에게 미국이라는 공간, 자신이 나고 자란 그 고장의 지역성, 그 지역의 생명은 그래서 중요한 것이다. 미국의 나무 한 그루는 바로 땅이고 뿌리이고 사람이고 강이고 폭포이고 패터슨이고 패터슨시의 23번 버스 기사다. 그의 시적 기예를 상징적으로 보여주는 핵심 개념이라 할 수 있는 "관념이 아니라 사물 그 자체"(『일종의 노래』)는 바로 시인이 천착한 사물의 물성이 나무 한 그루에서 사람에 이르기까지 다양하며 일상의 경험 모두를 포괄하는 것임을 말해 준다.

모더니즘과 신비평이 문단을 지배하던 20세기 초반에 문단의 인정을 받지 못한 윌리엄스는 만년에 가서야 미국의 시인으로 거듭나게 된다. 1950년대 비트시 운동에서부터 샌프란시스코 문예 운동, 블랙마운틴 학파, 뉴욕시파에 이르기까지 단단한 미국적 구어에 시각적인 보는 힘이 결합되어 완성된 윌리엄스의 시학은 20세기 중반 이후 미국 시에 큰 영향을 미치게 된다. 비트 세대의 대표적 시인이라 할 수 있는 앨런 긴즈버그(Allen Ginsberg)에게는 멘토 역할도 했던 바, 긴즈버그의 실제 편지들을 『패터슨』에 그대로 넣기도 했다.

우리에게 익숙한 주류 모더니즘 시학은 엘리엇에게서 시작해서 엘리엇에서 끝난다. '객관적 상관물'을 내세워 비유와 상징이 가득한 '잘 빚어진 항아리' 같은 시를 최고의 작품으로 치던 주류 모더니즘의 미학과 달리, 윌리엄스의 시는 깔끔한 상징이 아니라, 자유로운 땅의 호흡을 닮아 거칠고 자유롭고 싱그럽다. 옛 신화의 세계로 되돌아가는 대신, 일상의 공간을 되도록 생생하고 새롭게 직조한다. 이러한 윌리엄스의 시는 미국 시를 미국적 풍토에서 새롭게 자리 잡게 했고, 미국 시에 있어서 언어와 형식적 실험의 문제를 독자들에게 재차 질문한다. 20세기 후반 들어 그 시적 성취를 제대로 인정받게 된 윌리엄스는 휘트먼에서 파운드로 이어지는, 다시 파운드에서 윌리엄스로 이어지는 미국 시의 중요한 흐름, 즉 일상적인 언어의 리듬에서 출발하여 시각적 실험성을 한껏 드높인 시의 원류를 잇는 큰 맥이 되었다.

이러한 실험은 20세기 후반 언어시 운동(Language Poetry Movement) 등에도 영향을 미쳤고, 이민자들이 세운 나라 미국에서 시의 언어가 무엇이어야 하는지, 영어가 오롯이 순혈의 언어가 아니라 수많은 언어가 한데 모여 만들어지는 다층적인 언어라는 것을 알게 했다. 또 사람들이 실제 쓰는 언어를 새로운 시선으로 빚는 시의 리듬 안에서 현실 또한 새롭게 발견되는 것임을 일깨움으로써 윌리엄스는 20세기 미국 시에서 '새로움'이라는 문제를 단순히 미학적 과제가 아니라 삶의 실천으로써 중요한 화두로 되살려 놓았다.

비록 평단의 찬사는 조금 늦게 왔지만, 의사로서 시인으로서 충실한 삶을 살았던 윌리엄스. 그에게 가장 큰 영향을 미친 에즈라 파운드와의 인연이 시인에게는 창작의 빛이 되었지만, 그로 인해 겪은 말년의 고초도 적지 않았다. 1948년에 윌리엄스는 한 차례 심장마비를, 그리고 잇따른 뇌졸중과 우울증 등 몸과 마음의 쇠락을 간신히 통과하고 있었는데, 1952년 에즈라 파운드가 전범으로 체포되면서 그 여파가 윌리엄스에게까지 미쳐 고생을 많이 했다. 미국 문화사에서 잔인한 흑역사로 기록되는 1950년대 매카시즘의 마녀사냥식 사상 검열은 수많은 예술가들을 공산주의자로 몰아붙였는데, 윌리엄스도 이를 피해 가지 못했다. 하지만 윌리엄스는 그 난관을 그냥 담담히 겪었다. 파운드와의 인연은 인연대로 있는 그대로 인정하면서 공산주의자는 아닌 선에서 그대로 조용히 부인하면서.

시인이 걸은 길을 걷는 일

시인 윌리엄스는 1963년 3월 4일 리지로드 9번지의 그 집에서 세상을 떠났다. 우리 나이로 여든하나, 짧지 않은 생이었다. 매우 규칙적으로 한곳에서, 매우 끈기 있게 열정적으로, 지치지 않고 사람들을 보고 보듬고, 또 그 경험을 온 마음을 다해 실어 시라는 언어에 입혀서 다듬었다. 미국 모더니즘 시인들 중 인정받는 데 시간이 제일 오래 걸린 시인 중 한 사람이었기에 모더니즘 초기 비평사에서 지워진 이름이었던 윌리엄스. 엘리엇과 신비평이 득세하던 시대, 미국 동부의 한 조그마한 도시에 뿌리내린 윌리엄스의 시는 평자들의 주목을 끌 만큼 크고 화려하지는 않았다.

하지만 생각해 보면 시인에게 가장 큰 힘은 자기가 체득한 언어, 입말에서 나온다는 점에서 윌리엄스는 자신을 시인답게 한 그 뿌리에 처음부터 끝까지 밀착되어 있었고 그래서 가장 든든한 배경을 가지고 산 시인이다. 자신의 땅, 자신의 사람들에 충실한 시선, 일상의 모든 결들과 시대의 아픔, 역사의 질곡까지 섬세하게 헤아리는 눈, 자기가 태어나 자란 고장을 떠나지 않고 골목골목의 의사이자 시인으로서의 삶을 충실히 살아 낸 윌리엄스에게 시의 이론은 자신이 살아 낸 거리의 사람들, 자신이 경험한 미국적 토양과 공간의 즉시적인 경험에서 나온 것이었으니 그는 분명 행복한 시인이리라.

『패터슨』에 자주 등장하는 도시 퍼세이크에 위치한 세인트메리 종합병원에는 윌리엄스 탄생 125주년을 맞은 2008년에 이런 동판을 새겼다. "우리는 윌리엄스가 걸었던 병동을 걷고 있다."(We walk the wards that Williams walked.) 동판 아래쪽에는 "환자들의 반쪽짜리 입말에서 솟아 나온 시"를 쓴 시인이라고 적혀 있다. 소아과 의사였기에 반쪽짜리 입말은 알아듣기 힘든 아이들의 언어를 말한다. 동판에 새겨진 이 두 줄의 이야기는 윌리엄스가 평생 사명감을 가지고 몰두했던 의사이자 시인으로서 업에 대한 적절한 헌사다.

번역을 하는 시간 내내 그런 윌리엄스의 언어를 우리말로 재배치하는 데 있어서 적잖은 괴로움과 한숨, 딱 그만큼의 기쁨이 오갔다. 영어와 우리말의 다른 어순은 윌리엄스처럼 회화적인 시를 옮길 때 역자를 정말이지, 참, 난감하게 한다. 꼼꼼하고 정련하게 윌리엄스가 고심하여 배열한 영어를 어순이 매우 다른 우리말로 옮기면서 시의 원래 리듬이 흔들려 버리기 때문에 우리말로 원시의 느낌에 최대한 맞추어 재배열하는 작업은 시에 대한 사랑만으로는 쉽지 않았다.

짧지 않은 시간 동안, 한국에서, 미국에서, 다시 한국으로 자리를 옮겨가며 여러 계절을 보내고 또 맞이하면서, 그 수많은 고민과 곤혹 속에서 '나는 윌리엄스가 만들었던 말들을 걷고 또 걸었다.'(I walked and walked the words that Williams worked.) 아니, '나는 윌리엄스가 만든 말들을 헤매 다녔다.'(I wandered the words that Williams worked.)는 것이 더 옳은 표현이리라. 때로 윌리엄스가 말로 새겨놓은 풍경이, 당시 미국 서민들의 삶이, 마당이, 집들이,

처마의 구조가 잘 상상이 안 되어서 그림을 그리며 번역하기도
했다.

　두 권으로 구성된 이번 번역 시집은 찰스 톰린슨(Charles
Tomlinson)이 편집하여 A New Directions Book에서 펴낸
『윌리엄스 시 선집(William Carlos Williams Selected Poems)』에 실린 시들
전편을 우리말로 옮긴 것이다. 각 부의 제목이 시집 제목인데,
1부의 경우, 「방랑자」는 시집 『시들(Poems)』(1909-1917)에 실린
시편들이다. 그리고 1917년에 낸 『원하는 이에게(Al Que Quiere!)』로,
또 1921년의 『신 포도』로 이어진다. 다시 『봄 그리고 모든
것』(1923)으로 이어지니 1부만 제외하고는 모두 시집 제목으로
생각하면 되겠다. 영어판에서는 한 권으로 묶인 시집이지만
분량이 워낙 많다 보니 두 권으로 나누었는데, 1938년까지 묶은
시집을 1권으로 하고, 『단절된 기간(The Broken Span)』부터 2권으로
넣은 것은 윌리엄스 스스로 1939년을 시적인 변화에 있어서 큰
분기점이 된 시기로 잡고 있기 때문이다.

　작품에 대한 좀 더 상세한 이야기는 번역 시집 2권에서 이어
가기로 한다. 『단절된 기간』에서 『쐐기풀(The Wedge)』(1944), 또
『구름들(The Clouds)』(1948)을 거쳐 1962년에 출판된 『브뤼겔의
그림들과 다른 시들(Pictures from Brueghel and Other Poems)』에
이르기까지 윌리엄스의 시 세계는 더욱 폭넓어진다. 10년
넘게 이어지는 기간 동안 다섯 권으로 나뉘어 출판된 장시
『패터슨(Paterson)』(1946-1958)은 그 자체로 미국의 역사이자 미국의
서사시인데, 이 시집에서는 중요한 대목을 발췌해서 실린 그대로
옮겼다. 시집을 편집한 톰린슨의 소개글까지 1권에 싣게 되어
독자들은 모더니즘 시기에 윌리엄스가 놓여 있던 좌표를 좀 더
세밀하게 볼 수 있게 되었다. 톰린슨의 글은 시의 길을 같이 걷는
제자 박선아가 옮겼는데, 이 글을 통해 독자들은 미국의 시집
편집자가 사뭇 다른 감각으로 들려 주는 풍성한 이야기를 접하게
될 것이다. 수고로운 일을 거뜬히 맡아 준 박선아에게 특별한

고마움을 전한다.

톰린슨이 말하듯 문단에서 "가장 더디게 주목받은" 시인 윌리엄스, 비록 평단의 인정은 늦었지만 윌리엄스는 『패터슨』으로 미국에서 시 장르로서는 최초로 '내셔널북 어워드'를 수상했다. 1953년에는 미국 시 부문에서 가장 영예로운 상이라고 할 수 있는 '볼링겐상'을 수상했다. 또 윌리엄스 사후에는 『브뤼겔의 그림들』이 '퓰리처상'을 받게 된다.

미국 시 협회는 시인 윌리엄스가 미국 시의 역사에 미친 지대한 영향을 기리는 의미로 작은 비영리 출판사나 대학 출판사에서 출판된 시집들 중 최고의 작품을 뽑아 매년 윌리엄 칼로스 윌리엄스의 이름으로 상을 주고 있다. 오늘날 미국 시에서 미국의 지역적 풍토와 미국의 언어에 가장 밀착된 시인, 미국의 일상성과 미국의 역사가 생생하게 함께 어우러진 시의 리듬을 꼽는다면 아마도 휘트먼 다음으로 윌리엄스를 이야기하지 않을까 싶다.

유난히 시간이 오래 걸린 번역이다. 긴 시간 역자의 번역을 꼼꼼히 읽으며 함께 그림을 그려가며 읽어주면서 편집 과정에 도움 주신 이지연 편집자에게 특별한 고마움을 표한다. 시가 시인의 머리 안에 세워진 굳건한 성채에서 탄생하지 않고 시인의 진솔하고 섬세한 눈이 마주하는 모든 풍경과 사람들, 시인이 두 발 굳건히 선 세상의 모든 것들에서 탄생하는 것처럼 번역 또한 역자의 언어적 지식과 머리 안에서 오롯이 태어나는 것이 아니라 시에 대한 사랑과 관심만큼이나 지난한 어떤 탐색을 통해 만들어진다는 것을, 번역을 하면 할수록 깨닫는다. 시를 옮기는 일은 번역의 첫 시작일 뿐, 마침일 수 없다. 번역 시집을 출판하는 과정에 함께 몸담고 계신 모든 분들에게 고마움을 표하는 것은 번역과 출판 과정에 개입되는 모든 땀방울을 절감하기 때문이다.

시를 업으로 택해 걸어온 공부 길이지만, 삶의 길에서도 나에게 시는 늘 첫째가는 우선순위였다. 하지만 그런 시가 이 사회에서 얼마나 협소한 자리를 차지하는지, 시의 힘은 얼마나 소외된 공간에서 솟아나는지를 요즘 들어 더욱 실감한다. 시는 편안한 위무의 도구가 아니다. 간결한 언어의 압축된 해방감 속에서 독자들에게 현실을 깨치고 현실을 넘어설 수 있는 다른 새로운 시선을 준다. 살아 있는 시란 어떤 것이고 무엇이어야 하는지, 무엇보다 우리가 발 디디고 사는 이 땅의 호흡을 사랑한 시인 윌리엄스의 말을 걷는 시간, 두 언어의 다른 결을 마주하면서 힘들었지만 행복했다.

내가 느낀 윌리엄스 시의 생생한 힘, 시를 통해 시인이 읽어 낸 현대 세계의 진한 아픔과 무한한 가능성은 시간상으로나 공간상으로나 매우 동떨어진 '지금 여기'에서도 여전한 현재형의 질문이다. 시인이 눈뜨게 해 주는 생의 새로운 감각, 땅의 싱그러운 리듬들은 현대 세계가 짙게 뿌리내린 질환들, 이 시집 맨 뒷부분에 더욱 짙게 드리운 절망과 공허, 폭력과 상실 속에서 발견되고 움트는 것이라 더욱 귀하다.

"시의 원천은 멈춰진 시계를 바라보는 것"이라고 20세기 초반 윌리엄스가 말했는데, 우리야말로 멈춰진 시계, 단절된 공간에서 살아남은 지난 여러 해가 아니던가. 시인 윌리엄스가 세심히 살피는 의사-시인의 눈으로 그려 낸 그 하루하루의 난망함은 지금 우리 모두가 각자의 자리에서 가쁘게 내쉬는 팬데믹 시절의 호흡과도 신기하게 닮아 있다. 윌리엄스가 함께 걸으며 호흡한 시대의 결이 우리의 호흡과 크게 다르지 않음을, 투박하고 아픈 사람들과 풍경 속에도 상처 입지 않고, 멍 들지 않고 공간을 관통하는 꽃잎의 아름다움이 있고, 그 꽃잎은 바로 이 땅의 사람들임을, 독자들도 함께 느낀다면 역자로서는 더 바람이 없겠다.

역자의 더딘 걸음을 지혜롭게 독촉하여 독자들과 기어이 만나게 해 준 양희정 편집자를 비롯하여 민음사 편집부 식구들에게 감사드린다. 무엇보다 윌리엄스 시를 오래 기다려

온 독자들께 이번에는 조금 후련하게 권하고 싶다. 자, 이제, 찬찬히, 천천히, 매일 조금씩 시인 윌리엄스를 만나 보시라고. 작은 도시 패터슨의 버스 기사 패터슨처럼 매일 조금씩 새로운 언어를 만나는 일. 마빈은 패터슨의 시작 노트를 찢어 버렸지만, 윌리엄스의 찢어지지 않는 이 시집은 이제 여기서 새로운 시의 숨을 열어 보일 것이니, 그 숨은 어제와는 다른 호흡, 어떤 발견이 되지 않을까.

세계시인선 53   꽃의 연약함이 공간을 관통한다

1판 1쇄 찍음 2021년 12월 1일
1판 1쇄 펴냄 2021년 12월 5일

지은이   윌리엄 칼로스 윌리엄스
옮긴이   정은귀
발행인   박근섭, 박상준
펴낸곳   **(주)민음사**

출판등록   1966. 5. 19. (제16-490호)
주소   서울시 강남구 도산대로1길 62
          강남출판문화센터 5층 (06027)
대표전화   02-515-2000 팩시밀리 02-515-2007

www.minumsa.com

한국어 판 ⓒ (주)민음사, 2021. Printed in Seoul, Korea

ISBN 978-89-374-7553-5 (04800)
      978-89-374-7500-9 (세트)